Loin du bruit du monde

Valéry Giscard d'Estaing

de l'Académie française

Loin du bruit du monde

roman

XO ÉDITIONS

ISBN : 978-2-37448-300-9

Mais où a disparu le président Reilly ?

C'est un fait : André Reilly, ancien président du Sénat, a disparu ! On ne sait plus où le trouver. Ce n'est pas qu'il ait été réellement célèbre, mais beaucoup de gens avaient entendu prononcer son nom. Sa haute silhouette, désormais un peu étoffée, était devenue familière au public quand elle apparaissait sur les écrans et les tablettes de la société médiatique, puis elle s'était estompée avec le temps. On ne le voyait plus que rarement. Que faisait-il ? Qu'était-il devenu ? La journaliste de *La Nouvelle République* de Tours, qui avait été intriguée par son silence, avait fini par abandonner ses recherches. Aucune trace, pas de confidences : le président André Reilly avait disparu !

Sa carrière avait commencé dans la boulangerie de son père, située à Mareuil-les-Coteaux, dans les Deux-Sèvres, où il travaillait en tant qu'apprenti. Il avait été qualifié par son labeur ultra-matinal encore plus que par son statut social. Cette origine modeste avait facilité sa carrière politique. Il avait été élu conseiller municipal du village de Mareuil à vingt-cinq ans, puis, après le décès du maire, foudroyé au pied d'un arbre au cours d'une tornade, il l'avait remplacé.

Sa trajectoire s'était prolongée de manière régulière : devenu conseiller général du canton de Mareuil, il avait remporté l'élection sénatoriale suivante et était entré à trente-huit ans au palais du Luxembourg.

Il avait beaucoup aimé le Sénat : personne ne lui avait fait grief de son manque de formation, interrompue au niveau du brevet des écoles, et qu'il dissimulait en s'habillant avec une certaine recherche bourgeoise, portant des cravates achetées chez Dior et se chaussant de souliers noirs à lacets. L'éducation qu'il avait reçue, à la lisière de la Touraine, lui permettait de s'exprimer dans un français classique, sans trace d'accent.

Après six ans, lors du renouvellement du Sénat, il avait réussi à se faire désigner comme membre de la commission des finances, très recherchée. Il y parlait peu mais écoutait beaucoup, et lisait tous les jours les éditoriaux de la presse économique.

C'est là qu'il avait rencontré un jour le ministre des Finances, venu pour une audition sur le budget. Celui-ci avait été frappé par la qualité de ses questions, posées d'une voix calme et sans démagogie.

Il s'était souvenu de lui lorsqu'il avait été élu lui-même à la présidence de la République. Après deux ans il l'avait appelé au ministère du Commerce, en tenant compte de son origine sociale, qui soulignait ainsi le caractère proche du peuple de son gouvernement. André Reilly s'était entendu à merveille avec le Premier ministre, qui l'avait proposé, dans un remaniement survenu deux ans plus tard, comme ministre des Finances. Il s'était senti ivre de bonheur, avec une poussée d'orgueil, mais avait réussi à conserver son calme et sa simplicité.

Dans son nouveau ministère, il s'était intéressé au sort de l'épargne populaire, et avait fait adopter en sa faveur un régime fiscal allégé et simplifié, qui lui avait valu une large popularité. En effet il avait imaginé un dispositif qui s'était montré très favorable aux classes modestes, et moins avantageux pour les possédants.

Quand la majorité nationale avait basculé, il était revenu au Sénat, où il siégeait au centre. Lors du départ du président Poher, qui appartenait au même groupe que lui, et qui exerçait la présidence du Sénat depuis une durée perdue dans la nuit des temps, il s'était présenté à son tour. La majorité, quoique divisée, avait fini par l'élire à trois voix près, mais cette euphorie n'avait pas duré. La composante droitière avait fini par l'écarter au renouvellement suivant, bien que sa présidence eût été unanimement respectée, grâce à une intrigue feutrée qui l'avait mis en minorité dans son propre parti. Des amis très proches sur le soutien desquels il comptait avaient participé à son éviction en échange de petits avantages que son rival leur proposait pour eux-mêmes, et leurs collaborateurs. Dès lors il s'était éloigné de la politique.

Pendant qu'il était président du Sénat, un de ses amis avait organisé pour lui une expédition de pêche aux gros poissons de mer, au large de Dakar. Il y avait pris goût, et y était retourné chaque année. Un de ses compagnons de pêche l'avait convaincu par la suite de venir découvrir avec lui la chasse à l'éléphant en République centrafricaine. Il avait fait le voyage, mais n'avait pas tiré d'animal. Il gardait un souvenir extasié de ses trajets en brousse et dans l'immense forêt tropicale où il avait eu l'occasion de visiter, loin dans l'est du pays, une villa au gigantesque toit de bois qu'un original britannique avait fait aménager en pleine forêt, pour s'y retirer, racontait-on, après une déception amoureuse. Une caravane de porteurs avait réussi à y transporter un piano. Ses voisins, s'il en avait eu, l'auraient entendu égrener dans la nuit les notes des sonates de Schubert.

Il s'était détaché peu à peu de ses mandats, renonçant à son poste de conseiller général, puis ne se représentant pas à l'élection sénatoriale. Son éloignement lui était discrètement reproché par l'opinion publique, mais le tintamarre fait par ses successeurs, qui se querellaient entre eux, contribuait à le faire oublier.

La presse relevait encore sa présence dans quelques cérémonies, telles que la commémoration du 11-Novembre à Mareuil-les-Coteaux, ou un colloque scientifique sur les énergies de remplacement à l'université de Poitiers. Mais ces apparitions étaient devenues de plus en plus rares, accompagnées de quelques photos en noir et blanc dans des journaux à petit tirage. Et soudain la réalité était apparue comme une évidence : le président André Reilly avait bel et bien disparu.

Chapitre 1

L'envol

Une pancarte accrochée à l'angle d'un corridor, dans la longue galerie de l'aéroport de Francfort, indiquait la direction à prendre pour embarquer dans l'avion qui allait partir pour Windhoek, la capitale de la Namibie. Une inscription plus fine précisait : escale à Bangui, en République centrafricaine. Tout cela en langue allemande, bien entendu.

La file d'attente des passagers n'était pas longue. Cent vingt personnes environ. Les contrôles de police se faisaient à l'entrée du corridor, où se tenaient deux agents en uniforme et un troisième en civil. Les voyageurs étaient surtout des hommes, que leurs affaires appelaient en Namibie, mais aussi quelques familles, entourées d'enfants et de sacs, qui profitaient des vacances scolaires. Une jeune femme se faisait remarquer par sa longue chevelure blonde, nouée dans un ruban de velours noir, et par une veste boutonnée depuis le col jusqu'aux genoux, où s'arrêtaient ses bottes, veste qui était coupée dans un tissu de faux léopard, suffisamment approximatif pour ne pas provoquer les réactions des écologistes. C'était sans doute une actrice, qui partait tourner un film en Namibie, peut-être même Angelina Jolie, dont les visites étaient fréquentes. Les hommes constituaient une masse compacte, avec des pantalons de velours ou des jeans, et des vestes épaisses parsemées d'innombrables poches comme s'ils se préparaient à chasser des buffles. La plupart, sans doute, étaient allemands, et on entendait un bruissement germanique.

Dix mètres derrière la jeune femme, un homme tranchait sur le groupe par sa haute taille. Il portait une casquette de chasse en toile verte, qui n'avait manifestement pas encore servi. C'était le président Reilly, qui fuyait anonymement la France.

Il se rendait dans l'est de la République centrafricaine où il pensait trouver, ou retrouver, car il y était déjà venu, une résidence cachée, et il avait choisi de faire le détour par Francfort pour brouiller les pistes au cas, assez improbable, où l'on rechercherait sa trace.

— Passeport, s'il vous plaît ! lui demanda en allemand un des policiers.

André Reilly fouilla dans sa sacoche de toile beige et lui tendit le faux passeport qu'il avait fait établir lorsqu'il était président du Sénat, avec l'aide de son officier de police, pour éviter d'être suivi par les journalistes quand il se rendait à ses expéditions de pêche aux gros poissons au Sénégal. Ce passeport portait le nom de Michel Schmitt.

— Vous êtes allemand ? lui demanda le policier.

— Non, je suis français, répondit Reilly.

— Mais vous avez un nom allemand !

— Schmitt est aussi un nom français, répliqua Reilly.

— Quel est le but de votre voyage en Namibie ? questionna le policier, dans un dialecte franco-allemand.

— Je ne vais pas en Namibie. Je descends de l'avion à Bangui. Je me rends en Centrafrique pour la chasse.

— Alors vous devez avoir des armes. Où sont-elles ?

— Oui, j'ai une carabine. Elle est enregistrée avec mes bagages.

— Vous devez me la montrer. Suivez-moi, je vous prie, lui dit le policier.

Ils sortirent dans la galerie, la traversèrent, et parcoururent quelques dizaines de mètres. Le policier entra devant lui dans une sorte de cabine fermée par une porte en verre dépoli. Un comptoir barrait la petite pièce, et un fonctionnaire était assis derrière, remplissant des papiers. On apercevait, le long du mur du fond, des armes alignées dans leurs housses. André Reilly reconnut la sienne, munie d'une large étiquette indiquant Bangui. Le fonctionnaire vérifia le numéro inscrit sur le canon, et fit signer un formulaire à André.

— C'est correct, lui dit-il, votre fusil va pouvoir être embarqué. Vous le retirerez à Bangui.

Pendant qu'il faisait le trajet de retour en traversant la galerie, il pensait à ses armes. Cette carabine ne constituait qu'une partie du problème. Elle était légère, de calibre 300, et ne convenait que pour les antilopes et les petits fauves. Pour les buffles et les éléphants il avait besoin d'armes plus puissantes : une carabine de calibre 375, et un gros fusil express. C'était son ami Marc Anthouard, celui qui lui avait fait découvrir l'Afrique, qui s'était chargé de les lui apporter, pour éviter trop de complications à Francfort.

L'embarquement des passagers avait commencé dans l'Airbus 320 d'Air Namibia. Le personnel de cabine était africain, et l'hôtesse, vêtue d'un tailleur bleu clair, conduisit André Reilly à son siège de la classe business, situé au troisième rang à gauche, contre le hublot. Il espéra que le fauteuil voisin resterait vide. Il n'y avait plus de président Reilly en fuite, mais seulement Michel Schmitt, en route pour la chasse en Centrafrique.

Après une heure de vol, l'hôtesse déploya une petite serviette blanche devant lui, et y déposa un plateau en plastique contenant un dîner, avec de la charcuterie et un gâteau à la crème. Pour boire, il demanda du vin rouge français et de l'eau minérale gazeuse. En versant le vin, l'hôtesse fit couler une goutte, qui traça une ligne brune sur l'étiquette. Puis il s'assoupit.

★

Son départ avait été difficile. Depuis qu'il avait pris, six mois plus tôt, la décision de disparaître, il avait découvert le pullulement des liens qui l'unissaient à la société. Il fallait les dénouer un par un, sans en oublier aucun.

Les biens immobiliers, c'était le plus facile. Il possédait un appartement de quatre pièces rue de Vaugirard, et sa maison de Mareuil-les-Coteaux dans le Poitou. Il avait passé des journées entières à fermer les robinets, et à couper les compteurs d'eau, de gaz et d'électricité. Les factures, s'il en arrivait encore, resteraient sans réponse. Pour le téléphone, il n'avait touché à rien. L'appareil sonnerait dans le vide, ce qui ne troublerait pas France Télécom.

La question du courrier était plus délicate. Il n'y avait pas de concierge dans l'immeuble de la rue de Vaugirard. Le courrier était déposé dans des boîtes au rez-de-chaussée où il s'empilerait. Pour désamorcer la situation, il avait gratifié de pourboires, pendant la période précédant son départ, le concierge de l'immeuble voisin qui assurait le nettoyage du vestibule, en lui demandant d'emporter chaque jour le courrier et les journaux « qui traînaient par là », jusqu'à ce que cela devienne une habitude pour lui.

Quant aux comptes de diverses natures, le problème était relativement simple. Il avait laissé des soldes positifs sur ses comptes bancaires – 10 000 euros à la

BNP à Paris, et 5000 euros au Crédit agricole dans le Poitou. Ces sommes suffiraient aux petits prélèvements que ces établissements ont l'habitude de faire sur les dépôts. Les revenus de ses comptes seraient versés régulièrement à son crédit, ce qui assurerait la tranquillité des banques.

Il fallait penser aussi à sa retraite de sénateur, et à la multiplicité des comptes sociaux. Ceux-ci ne réagiraient que si on leur présentait des demandes. André Reilly était décidé à n'en rien faire. Ses comptes pouvaient dormir tranquilles, à moins qu'une réforme saugrenue, comme il en avait vu passer plusieurs au Sénat, compliquées par la pluie des amendements, ne vienne les perturber. Mais il serait loin, et ne répondrait rien…

Il dormait.

L'hôtesse en bleu a rallumé le plafonnier, et annoncé l'étape de Bangui. André Reilly lui a demandé de lui rapporter sa veste, qu'elle avait accrochée sur un portemanteau. Il aimait bien cette veste, achetée dans la boutique Beretta de l'avenue Pierre-Charron. Elle lui paraissait élégante, bien coupée dans un tissu vert foncé, avec sur le devant une fermeture éclair couverte par un rabat boutonné, et deux poches de chaque côté, une plus large en bas, et une plus petite au-dessus. Il l'enfila avec plaisir et se rassit.

Les roues de l'avion touchèrent la piste, assez doucement. À chaque voyage André Reilly surveillait l'atterrissage. Il le remarquait lorsque celui-ci se réduisait à un léger glissement. Ce fut le cas ce soir-là.

Les passagers pour Bangui furent invités à se rendre à l'avant de l'appareil. Ils n'étaient que quatre, deux Africains, une religieuse européenne dans un manteau noir, et André Reilly.

En se retournant, il aperçut la passagère à la chevelure blonde. Il lui sembla qu'elle lui adressait un sourire d'adieu. Il lui répondit par un geste de la main.

L'hôtesse lui demanda d'avancer en premier, puis libéra le verrou de la porte, la fit coulisser entre deux rails vers le plafond, et la nuit entra dans l'avion.

C'était la nuit africaine fraîche, veloutée, apaisée, la nuit immense qu'André Reilly était venu chercher, et qui prenait possession de lui, qui le guidait sur les marches de métal argenté de l'escalier de l'avion, jusqu'à ce qu'il touche le sol, là où s'étalait la terre sombre qu'il ne devrait plus jamais quitter.

*

— Je suis François Dubourg, votre pilote, lui dit-il.

Le hall d'accueil de l'aéroport de Bangui était assez misérable : des murs de plâtre avec des traînées d'humidité, et des affiches aux trois quarts décrochées. Sur le côté, un comptoir attendait l'arrivée des bagages apportés sur un petit tracteur.

André Reilly surveillait le trajet de ses deux valises de toile noire, où il avait entassé tous ses vêtements de chasse, et une collection de pantalons de toile, de chemises sans manches, de souliers de brousse et de pyjamas, sans compter sa trousse de toilette, et une palette de somnifères et de médicaments pour les urgences. Il repérait également sur le tracteur l'étui de sa carabine.

La religieuse avait été rejointe par deux femmes en habit monastique, et les deux autres passagers de Bangui formaient avec elles un groupe sombre près du comptoir à bagages. L'avion n'était pas encore reparti, et on apercevait la lumière jaune de ses hublots qui brillait sur la piste.

— Oui, je suis votre pilote, redit François Dubourg.

André Reilly lui serra la main.

— Content de vous connaître.

L'homme était jeune, avec un visage animé et des yeux clairs. Il portait un polo déboutonné, un short kaki, et des souliers de sport en toile blanche.

— Quel est notre programme ? l'interrogea Reilly.
— Il n'est pas question de partir ce soir, répondit Dubourg. Nous ne faisons jamais de vol de nuit. Mon avion est un Beechcraft monomoteur. Je vais vous conduire en ville, à l'hôtel Safari, où je vous ai retenu une chambre. D'ailleurs ce n'était pas nécessaire de réserver, parce qu'il n'y a presque personne. Je reviendrai vous chercher à l'aube, c'est-à-dire vers six heures, et nous reviendrons ici pour décoller. Votre destination est bien Rafaï ?
— Oui, c'est Rafaï. Quel est le temps de vol ?
— Trois heures, ou trois heures et demie selon le vent. Comme le temps est beau, vous pouvez compter trois heures. Vous serez sur place vers dix heures.

Sa voix fut couverte par un vrombissement. L'avion avait mis en marche ses deux moteurs, et il roulait lentement vers la piste de décollage. Les religieuses avaient disparu avec leurs bagages. Les employés de l'aérogare, un Européen et quatre Africains, se tenaient sur le seuil du bâtiment, visiblement impatients de partir, et ils commençaient à éteindre les lumières.

Reilly et Dubourg saisirent les deux valises et les firent avancer sur leurs roulettes. Reilly plaça l'étui de sa carabine en équilibre sur son bagage, et ils atteignirent le Range Rover 4 × 4 qui les attendait près de l'entrée, où un gardien centrafricain chargé de leur ouvrir la portière sommeillait la tête renversée en arrière, la visière de sa casquette rabattue sur ses yeux.

*

La traversée de Bangui fit une impression étrange à André Reilly. Il était venu deux fois dans la ville pour des réunions des ministres des Finances de l'Afrique centrale, une fois pendant la saison des pluies où le soir les lampadaires étaient allumés, et l'autre au printemps lorsque les soirées se prolongeaient indéfiniment. Il gardait le souvenir d'une petite cité lumineuse bordée par un grand fleuve. Et cette fois-ci tout était noir, le ciel bourrelé de nuages sombres, et les façades des maisons s'alignaient en un conglomérat obscur. Les volets étaient fermés.

Le 4 × 4 arriva dans un petit square bordé sur la gauche par une rue montante. À quelques dizaines de mètres devant eux apparaissait la silhouette d'une maison plus imposante, comme un gros pavé noir, et Reilly aperçut la lueur d'une lampe qui filtrait entre les volets du second étage.

Dubourg, qui avait remarqué la direction de son regard, lui dit :

— Ne vous étonnez pas ! Cette lumière vient de la pièce où habite Bokassa. Elle reste allumée toute la nuit !

Reilly suivit la tache lumineuse des yeux en se retournant dans la voiture. Il fut tenté d'en sortir pour mieux regarder, et ouvrit la portière.

Ainsi, pensa-t-il, c'est ici, dans cette haute bâtisse noire, que vit l'empereur déchu ! Et derrière le filet doré qui encadre cette fenêtre il doit être en train de s'amuser avec ses enfants, ou plutôt quelques-uns de ses enfants, car il se souvenait qu'il en avait un grand nombre. Lorsqu'il était venu à Bangui, il y avait bien longtemps, avant que Bokassa ne cherche à devenir empereur, celui-ci avait tenu à présenter sa famille. Son épouse, en tout cas son épouse africaine, car la rumeur voulait qu'elle soit accompagnée de maîtresses coréennes, se tenait toute droite au haut d'une allée en pente. Le long du chemin les enfants étaient alignés selon leur âge, en commençant par les plus grands, qui étaient deux filles. Bokassa articulait leurs prénoms au fur et à mesure qu'il avançait. Devant le cinquième, il avait désigné un petit garçon au regard éveillé : « Il s'appelle Laurent, et sera polytechnicien ! » avait-il déclaré. Le président Reilly avait senti passer le souffle du doute ! Bokassa avait poursuivi sa présentation, mais en commençant à confondre les prénoms. Les enfants s'étaient mis à rire, et à se moquer de lui.

Le filet d'or continuait de briller, et rendait la nuit plus épaisse. André Reilly regagna la voiture, où Dubourg se pencha pour lui ouvrir la portière, et ils se mirent en route pour rejoindre l'hôtel Safari situé à quelques centaines de mètres du square.

★

L'architecte de l'hôtel avait dû servir dans la marine, car, bien que le terrain ne manquât pas, il avait terminé le bâtiment par une sorte de proue triangulaire où se situait la porte d'entrée. Celle-ci était fermée, et protégée par des barreaux métalliques. À côté se trouvait le bouton d'une sonnette.

Dubourg sonna. On entendit un grésillement assez loin. Puis plus rien. Dubourg sonna encore, et cette fois-ci le timbre déclencha un bruit de pas à la réception. C'était le gardien. On avait dû interrompre son sommeil. Il portait un bonnet de laine et une veste de safari dont les poches étaient chiffonnées.

— C'est vous qui avez retenu la chambre ? demanda-t-il à Dubourg.

— Oui c'est moi, mais c'est pour M. Schmitt, qui arrive de Francfort. Y a-t-il d'autres clients à l'hôtel ?

— Il y en avait deux, des Congolais, mais ils sont partis cet après-midi. Il n'y a plus personne.

— Je vais garder vos deux valises et votre carabine dans ma voiture, déclara Dubourg à Reilly. Ce que vous avez dans votre sacoche vous suffit-il pour la nuit ?

— Oui !

— Alors rendez-vous demain à six heures.

Il demanda au gardien de préparer du café et des biscuits pour le réveil. Celui-ci referma la porte avec un grognement d'acceptation, et conduisit Reilly dans sa chambre du premier étage. Une grande pièce blanche, avec un lit pour deux personnes, recouvert d'un tissu gris décoré de silhouettes d'animaux de la brousse, et dans un coin un lavabo accompagné d'un broc d'étain posé sur une table basse en bambou.

— Les toilettes sont dans le corridor, sur la gauche, expliqua le gardien.

Mais André Reilly ne souhaitait pas dormir. Il voulait ressortir pour faire un tour en ville.

— Il ne faut pas aller dehors la nuit ! C'est dangereux. Tu risques de rencontrer des brigands ! lui dit le gardien.
— Je n'en ai pas peur. Et d'ailleurs en venant ici j'ai aperçu des soldats qui patrouillaient dans la rue.
— Ces soldats sont parfaitement capables de te piquer ta monnaie ! Ils m'ont déjà fait le coup, poursuivit le gardien.

André Reilly vida le contenu de ses poches, notamment ses papiers, et les quelques euros qu'il y avait laissés traîner à Francfort, puis il s'adressa au gardien :

— Donne-moi la clé. Je te la rendrai au retour. J'ai besoin de sortir.

C'est vrai qu'il éprouvait une étrange envie de respirer, de marcher dans la nuit, seul, inconnu, loin de tout, enfin libéré et disparu. Il ouvrit la porte. L'air était tiède. On entendait le roulement d'une voiture. Il s'engagea sur le trottoir de l'avenue, défoncé par endroits, et commença sa promenade nocturne.

*

André Reilly suivit la rue principale, celle qu'il avait empruntée à l'arrivée, et qui débouchait sur une place qui semblait plus claire devant lui. Il croisa sur le trottoir d'en face un groupe de trois soldats qui s'arrêtèrent pour le regarder, et chuchotaient entre eux. Impressionnés sans doute par sa haute taille et son visage européen qui se distinguait dans la nuit, ils reprirent leur marche. Le plus petit resta en arrière, et continua d'observer Reilly, puis il rejoignit les autres.

Pendant ce temps Reilly était arrivé au carrefour de la maison de l'ex-empereur, où la lumière brillait toujours. Il resta un instant immobile, à la contempler, et il se souvint que, lorsqu'il était venu la fois précédente, il s'était rendu dans un atelier du voisinage où un artisan antillais extrêmement habile fabriquait des objets en ivoire, et notamment des lampes, dont il avait vu des exemplaires dans un reportage sur la résidence du général de Gaulle à Colombey-les-Deux-Églises. Effectivement, l'atelier était encore là, avec une enseigne « Objets décoratifs en ivoire ». La porte était fermée mais il semblait y avoir un rai de lumière à l'intérieur. Reilly frappa plusieurs coups. Il entendit des pas feutrés, et la porte s'entrebâilla. C'était bien l'artisan antillais, grand et maigre, qui le regardait et lui dit :

— Qu'est-ce qui vous prend de frapper à cette heure ? Tout est fermé !

— Je suis de passage à Bangui, et je voulais savoir si vous aviez encore des objets décoratifs en ivoire à vendre.

— Vous êtes malade de déranger les gens dans la nuit ! De toute façon il n'y a plus rien. Les éléphants sont braconnés et l'ivoire est vendu aux Chinois. Je quitte le pays dans quelques jours. Tout ce qui reste, ce sont de petites plaquettes. Vous pouvez les voir si vous voulez entrer.

L'artisan s'écarta, et Reilly entra dans la boutique, vide à l'exception de quelques tabourets, et d'une étagère sur laquelle étaient présentés des rectangles de bois noir auxquels étaient fixées des silhouettes d'antilope en ivoire. L'une d'entre elles paraissait plus travaillée que les autres. Elle représentait un waterbuck, avec des cornes finement dessinées.

— Pouvez-vous me vendre celle-là ?

L'artisan le regardait fixement, les yeux rapprochés, et lui dit :

— Mais je vous ai déjà vu !
— Cela m'étonnerait ! Il y a des années que je suis venu à Bangui !
— Je m'en souviens, maintenant. C'est très loin. Mais vous avez fait des achats. Les avez-vous toujours ?
— Oui, toujours.
— Gardez-les bien ! Il n'y en aura plus d'autres ! Je m'en vais cette semaine. Je retourne à la Martinique, et, avec le braconnage permanent, il n'y a plus d'ivoire !

Puis la porte s'est refermée. André Reilly a regardé les longs doigts bruns qui sculptaient jadis l'ivoire, ces doigts que la sculpture avait affinés, glisser le long de la bande métallique qui protégeait la porte de haut en bas, et il s'est retrouvé seul dans la rue. Il lui semblait que la nuit était moins obscure, peut-être à cause d'un faisceau de lune, ou du miroitement du grand fleuve Oubangui qu'il apercevait au loin, par une ruelle en pente.

Soudain il réalisa qu'il était parti. Il était libre, totalement libre. Il n'avait plus rien à cacher. Peu importe que sa photo paraisse dans la presse régionale, qu'un journaliste ou qu'un voisin vienne frapper à la porte de son appartement de la rue de Vaugirard, que la bureaucratie l'inonde de courrier. Tout avait disparu. Il sentait sur sa peau le léger frottement du coton de son vêtement de chasse. La patrouille militaire s'était éloignée. On n'apercevait plus de lumière dans le cube noir de l'immeuble de Bokassa. Reilly regagna l'hôtel.

Il monta dans sa chambre au premier étage. La photo pâlie de l'ancien président Boganda, qui penchait de biais, accrochée au mur par une punaise, était le seul ornement de la pièce. Le lit était bas mais large, recouvert d'une couverture de laine grise.

André Reilly s'étendit, tira la couverture sur lui, et appuya ses deux mains sur l'arrière de son cou. Il s'apprêta à dormir, en sachant que son réveil intérieur fonctionnerait à la première lueur du jour. Une décision bizarre traversa son esprit : celle d'abandonner le prénom dont il était affublé depuis l'enfance, et qu'il n'avait jamais beaucoup aimé, ignorant les raisons, ou les souvenirs pour lesquels sa mère l'avait choisi : André, c'est fini ! Il ne reste plus que Reilly.

Oui, sous l'image pendante et jaunie de l'ancien président Boganda, le président André Reilly avait enfin disparu.

Chapitre 2

Le long du fleuve Oubangui

À six heures précises, quand Reilly franchit la porte de l'hôtel, en faisant tourner lui-même la clé dans la serrure parce qu'il n'y avait personne à la réception, il aperçut le Range Rover de François Dubourg rangé le long du trottoir. Il remarqua sa couleur vert foncé. Dubourg était assis sur le siège du conducteur, la tête penchée en arrière, sans doute dans un demi-sommeil.

Reilly lui était reconnaissant de son exactitude. Il se fit la remarque que c'étaient le plus souvent ceux qui exerçaient les activités les moins utiles qui étaient le plus souvent à l'heure. Remarque encore engluée dans son réveil matinal.

Dubourg s'était redressé en entendant du bruit. Il ouvrit la porte de sa voiture et s'avança vers Reilly. Il saisit la poignée de sa valise et l'étui de la carabine qu'il portait à l'épaule.

— C'est tout ce que vous avez comme bagages ! s'exclama-t-il. Vous n'avez pas l'intention de rester longtemps !

Reilly chercha à donner une explication.

— Non, j'en ai d'autres, mais je les ai expédiés à Rafaï.

Expédiés comment ? se dit-il. Il réalisa que sa réponse n'avait pas de sens, mais Dubourg n'avait pas l'air d'y attacher de l'importance. Il mit le moteur en route, et la voiture prit la direction de l'aéroport.

La traversée de la ville fit à Reilly l'impression étrange que toutes les villes étaient semblables au réveil : les volets qui s'ouvrent, des passants qui semblent se presser comme s'ils étaient en retard, des ménagères munies de bassines en étain qui font du nettoyage dans l'embrasure des portes. Oui, la traversée de Bangui lui fit revenir en mémoire le refrain d'autrefois : « Il est cinq heures, Paris s'éveille… ! » Ils arrivèrent à l'aéroport, juste en bordure de la ville. L'endroit était désert. François Dubourg désigna du doigt son avion, parqué à côté de deux appareils militaires français portant des cocardes tricolores sur les ailes. Dubourg arrêta sa voiture derrière son avion, ce qui fit sortir de l'ombre le soldat qui montait la garde, coiffé d'un béret noir et tenant en sautoir une mitraillette de métal. Ils échangèrent des saluts.

Le militaire semblait jeune, dix-neuf ans à peine.

Il interrogea d'une voix teintée d'un accent du sud-ouest de la France :

— Vous avez l'intention de décoller ?
— Oui, répondit Dubourg. Mais je resterai dans le pays. Je n'ai donc pas de formalités à remplir.

Il chargea la valise et la carabine dans une soute aménagée sur le côté de l'avion.

Et il ouvrit la portière de gauche, pour commencer à préparer le vol. Puis il interpella Reilly en se penchant de l'intérieur pour chercher à tourner la poignée de la portière de droite.

— Vous pouvez monter, lui dit-il. Nous allons partir tout de suite. J'ai fait le plein de fuel hier, et je voudrais revenir avant la nuit parce que j'ai un autre vol demain.

Reilly grimpa en s'appuyant sur un petit marchepied métallique et s'assit sur le siège du copilote. Il observa la carlingue autour de lui. Le monomoteur Beechcraft semblait bien entretenu. Il y avait un réseau de cadrans placé devant chacun des sièges, mais les commandes de vol étaient regroupées près de celui du pilote. Dubourg déclencha la mise en marche du moteur, et attendit quelques minutes son réchauffement. Puis il ouvrit un volet découpé dans la vitre de sa fenêtre et y passa la main pour faire un signe d'adieu au militaire. Celui-ci se mit au garde-à-vous.

— On y va ! dit Dubourg en faisant monter le régime du moteur, et l'avion commença à rouler vers la piste.

Reilly regardait autour de lui. Il lui semblait que l'aérodrome n'était pas grand, presque carré, avec la piste de décollage au milieu, le coupant en deux. Mais ce qui le surprenait c'était que le terrain ne lui paraissait pas plat, mais comme bombé. Il en eut la confirmation au moment du décollage : l'avion avait d'abord semblé grimper en prenant de la vitesse puis, après avoir roulé à plat, il avait commencé à plonger, comme s'il s'envolait dans le vide.

C'était peut-être une fantaisie des militaires français qui avaient construit l'installation, pensa Reilly, et qui lui avaient donné ce profil légèrement sphérique pour que l'eau s'évacue plus rapidement à la saison des pluies.

L'avion s'était envolé. Il avait le ciel immense au-dessus de lui, le soleil scintillant au ras du sol, et la ville de Bangui qui s'éloignait, bien rangée, comme un jeu de cubes.

— Tout va bien ? demanda Dubourg.

La trajectoire atteignait maintenant la rive du fleuve, l'Oubangui. Celui-ci paraissait immense, bordé au sud par la forêt, et au nord par une savane parsemée de petites plantations. Sa direction était tournée vers le nord-est.

— Je vais voler au-dessus du fleuve, indiqua Dubourg. Ce n'est pas exactement la bonne direction parce que Rafaï est en plein est, mais je n'aime pas survoler la forêt, elle ne vous laisse aucune chance en cas de pépin !

Reilly regardait par la vitre contre laquelle il était appuyé. La forêt qui recouvrait le Zaïre et se prolongeait jusqu'à l'horizon lui paraissait infinie. Pas de trace de vie. Le ronronnement du moteur était régulier, sans ralentissements ni secousses. Reilly s'endormit.

★

Il sentit une légère pression sur son épaule. C'était François Dubourg qui le réveillait.

— Regardez ! Nous arrivons à Bangassou, lui dit-il.

Reilly se tourna sur le côté. Il aperçut une sorte de grand village, avec les rues qui semblaient être des pistes de sable, le long desquelles s'alignaient des huttes en terre coiffées de chaume. Au milieu de la ville s'étendait une place carrée, où s'élevaient un bâtiment en ciment et plusieurs baraques. Sans doute l'Administration, et peut-être une école ou un dispensaire. Plus loin se dessinait le début d'une piste d'aviation.

— Ce Bangassou, qu'est-ce que c'est ? interrogea Reilly.

— C'est la plus grande ville de l'est de la Centrafrique. Elle a été fondée au début du siècle par Bangassou, qui lui a donné son nom. C'était un personnage important. Il était le roi du pays Bandia.

— Qu'est-ce que c'est que cette histoire ? reprit Reilly. La Centrafrique était colonisée, et l'administration française ne reconnaissait pas les royaumes !

— Vous vous trompez, lui répondit Dubourg, dont la voix était brouillée par le vrombissement du moteur. Les fonctionnaires coloniaux français sont très peu intervenus dans l'est du pays. Ils ont eu la sagesse de respecter les traditions du pays Zandé, qu'ils n'ont pas cherché à modifier jusqu'après la Première Guerre mondiale, et beaucoup de ces traditions subsistent. Vous allez vivre dans ce pays Zandé, et vous allez être surpris par ses habitudes, concernant le pouvoir des chefs de village, et la dépendance totale des femmes. Mais vous découvrirez tout cela pendant votre séjour. J'ai cru comprendre que vous alliez résider près de Derbisaka. Il y a là un prêtre hollandais, le père Van Eck, qui essaie d'évangéliser les Zandés. Il répondra à vos questions, et il est un bien meilleur connaisseur que moi !

Reilly sentait qu'il entrait dans un nouveau monde, qu'il lui faudrait découvrir. Il ignorait le nom des tribus et n'avait aucune notion de leurs langues.

— Où allons-nous nous poser ? interrogea-t-il.

— Vous m'avez parlé de Rafaï, mais je ne crois pas que ce soit une bonne idée. La piste y est en mauvais état, et j'y ai déjà éclaté un pneu. Le fonctionnaire africain qu'on appelle préfet est une créature nommée du temps de Bokassa et fera aussitôt un rapport sur votre arrivée. Dans ce pays les nouvelles circulent bizarrement vite ! Je vous propose de vous poser un peu plus loin, à Zémio, qui possède une bonne piste, et est parfaitement tranquille. La seule personnalité est un chanoine capucin, passablement âgé, qui a aménagé un petit ermitage sur une colline, juste au-dessus de la piste d'atterrissage, et qui n'a pas la radio ! C'est chez lui que Marc Anthouard gare ses voitures et dépose ses provisions d'essence. De là vous pourrez utiliser une voiture de Marc, comme il me l'a fait dire. Vous aurez un chauffeur, et vous gagnerez Domaka. La route n'est pas fameuse, mais enfin c'est une route. Ensuite ce sera une piste qui vous mènera à Derbisaka, en plein pays Zandé, et au-delà à Daradou. Cela fait environ trois cents kilomètres, sur une piste mal entretenue, où l'on ne dépasse pas quarante kilomètres à l'heure.

— Merci pour tous ces détails, reprit Reilly, désormais parfaitement réveillé, mais où est passé le fleuve Oubangui ? Je ne le vois plus.

— Il a tourné vers le nord, où se trouvent les rivières qui constituent sa source. La vallée que nous avons suivie jusqu'ici est occupée par un autre fleuve, le M'Bomou, ou plutôt le haut M'Bomou. C'est là que se trouve Zémio.

Le soleil avait grimpé dans le ciel et lançait une lumière éblouissante par le pare-brise, face à l'est. Dubourg manipula les écrans en plastique gris qui protégeaient les vitres de la cabine, et l'avion ronronna en direction de Zémio.

*

François Dubourg fit tourner l'avion au-dessus du terrain pour s'assurer qu'il n'y avait pas d'obstacles. Quelques antilopes fuirent la piste, au bout de laquelle on apercevait un groupe d'une vingtaine de personnes.

— Qui est-ce ? interrogea Reilly.

— Les autorités de Zémio, et probablement quelques curieux. Il n'y a pas beaucoup d'événements par ici, en dehors des fêtes rituelles.

— Mais qui les a prévenus ?

— C'est moi ! précisa Dubourg. J'ai envoyé un message par radio, sur la fréquence du trafic aérien.

L'avion s'était posé à l'entrée de la piste en bondissant légèrement et roulait en soulevant deux nuages de poussière grise. Dubourg arrêta le moteur et vint ouvrir la porte de droite. Reilly descendit maladroitement, cherchant du pied les deux plaquettes qui servaient de marches. Le groupe d'accueil n'avait pas bougé, et seul un personnage assez grand, vêtu d'un veston à l'européenne boutonné sur sa taille, s'avançait vers eux.

— C'est le maire de Zémio, chuchota Dubourg. Il vient chaque fois accueillir Marc Anthouard à son arrivée. En réalité ce n'est pas un maire : il tient son pouvoir du fait qu'il est un des chefs de la tribu Kzamba, qui est une des plus anciennes du pays Bandia, et que les autres respectent, ou du moins redoutent !
— Bienvenue à Zémio, dit-il avec une prononciation presque parfaite, et il tendit la main.

Le maire avait perçu que le personnage important était le voyageur, et non le pilote qu'il connaissait déjà. Se tournant vers le petit groupe de villageois formé derrière lui, il leur ordonna de souhaiter un bon accueil aux nouveaux arrivants. C'est du moins ce qu'imagina Reilly. Il était hors du temps, et de la compréhension rationnelle. Il avançait à petits pas dans son nouvel univers, loin de ce qu'il avait connu, avec un fossé qui s'agrandissait entre le passé et le présent.

Les membres du groupe réagirent à l'appel de leur chef. Une voix s'éleva en psalmodiant une litanie. Aussitôt d'autres voix se firent entendre, et un frémissement agita la troupe. Pas encore une danse, mais un balancement rythmé accompagnant les chants. Puis les pieds se libérèrent, et frappèrent le sol.

Dubourg saisit le bras de Reilly et exerça une pression pour l'entraîner.

— Venez, dit-il, ils vont se mettre à danser, et cela durera pendant des heures ! Vous n'avez qu'à claquer vos mains au-dessus de votre tête pour les remercier, et nous nous éclipserons.

Ils firent demi-tour, saluèrent le chef et prirent la direction de la petite colline. Les chants résonnaient derrière eux, avec des redoublements qui s'affaiblissaient.

— Je vais vous accompagner chez le moine, et là je vous laisserai. J'irai dormir dans une cabane qui se trouve à côté, et où Marc conserve ses trésors, et je repartirai demain matin.

Le chemin était devenu un sentier qui grimpait jusqu'au sommet, maintenu par quelques rondelles de bois. Au bout, en haut, une porte était ouverte. Une voix les invita à entrer. C'était celle du moine Siméon.

— Je ne suis pas venu vous attendre, dit-il, parce que je souffre d'une sorte de grippe. C'est à la pluie de ces derniers jours que je dois cela, mais je ne crois pas que ce soit contagieux. Vous pouvez vous servir à boire.

Il avait préparé quelques boissons sur une table en bambou, des canettes d'eau de Perrier, deux bouteilles de bière, et des flacons de jus de fruits produit dans le pays.

Pendant que Dubourg se penchait en avant pour décapsuler les bouteilles avec un couteau de poche, le moine questionna Reilly. Sa voix était bienveillante.

— Qu'est-ce que vous êtes venu faire dans ce pays perdu ? Comptez-vous y rester longtemps ?

Reilly hasarda une réponse :

— Je suis venu y vivre. Je n'ai pas l'intention d'en repartir.

Il était surpris par sa franchise ! C'était la première fois qu'il faisait part de son projet à quelqu'un.

— Vous découvrirez que c'est très attachant, mais on reste à la surface. On ne communique pas vraiment avec la population, avec personne !

Reilly sourit intérieurement. Il n'était pas venu pour communiquer. Il avait fui précisément pour ne plus entendre les bavardages, les interrogations, les débats publics, toutes choses indéfiniment répétitives. Il venait écouter le bruissement glissant du vent dans les feuilles des arbres.

— Je vous ai prévu un dîner, lui dit le moine. Ce sont uniquement des conserves que Marc m'apporte à chacun de ses voyages, des œufs, et du poisson. Si vous le voulez, vous pourrez dormir dans la pièce à côté, où il y a un grand lit avec une couverture.

Reilly le remercia, et Dubourg précisa qu'il repartirait le lendemain matin, juste au lever du jour, après avoir fait le plein de carburant.

— Les jerricans sont dans l'abri à côté de la piste, reprit le moine. Un camion est passé il y a une semaine, et les a remplis.

★

Ce soir-là, on entendait les battements des danseurs qui paraissaient s'éloigner avec la lumière faiblissante.

Reilly se souvint du seul poème de Guillaume Apollinaire qu'il avait appris à l'école. Son texte décrivait le bruit rythmé que fait un cirque ambulant qui parcourt une route de campagne, accompagné de ses animaux : « L'ours et le singe, animaux sages... »

Pendant qu'il apportait les assiettes du dîner, le moine l'interrogea :

— Vous venez ici pour la chasse ?
— Pas vraiment ! Mais si j'en ai l'occasion, je chasserai avec Marc. Il y a beaucoup d'animaux ?
— Oui, beaucoup ! Surtout des antilopes, des élans. Pas la grande antilope, l'élan de Derby, qu'on trouve au Tchad, mais l'élan de l'Afrique de l'Est, qui est aussi un bel animal, quoique plus petit ! Également des bongos, mais qui sont difficiles à

trouver, car ils ne circulent que la nuit. Mais la plus belle espèce, c'est l'éléphant !

Le moine se versa un verre d'eau de Perrier, reprit son souffle et continua :

— Vous êtes ici au paradis des éléphants ! C'est une immense forêt qui débute loin au sud, au Zaïre, et qui continue vers le nord jusqu'au Soudan.

— Vous avez chassé vous-même l'éléphant ? demanda Reilly.

— J'ai été tenté quand je suis arrivé, répondit le moine. J'étais beaucoup plus jeune, et j'étais envoyé en mission par mon diocèse – l'évêché de Lyon – pour christianiser les Zandés. J'avais bien un fusil pour ma protection – d'ailleurs il est ici, dit-il en désignant un coin obscur de la pièce – mais je ne savais pas m'en servir. J'ai vu des centaines, peut-être des milliers d'éléphants, mais je n'en ai pas tiré un seul. Ce n'est pas comme votre ami Marc Anthouard, qui en tue deux ou trois à chacun de ses voyages. Je l'attends, car il m'a envoyé un message pour me dire qu'il viendrait bientôt. Mais je parle trop ! Mangez un peu, vous avez besoin de refaire vos forces.

Les chants de bienvenue résonnaient toujours dans la nuit. Reilly saisit un couteau à manche de bois et découpa une large rondelle de saucisson.

Jamais, pensa-t-il, jamais il n'avait goûté de si délicieux saucissons de sa vie !

À la fin du repas le moine lui expliqua les recommandations que lui avait fait parvenir Anthouard. Une Land Rover l'attendrait le matin avec deux chauffeurs, ou plutôt deux pisteurs, pour le conduire jusqu'à Derbisaka, où il devrait arriver avant la nuit. Sinon il dormirait dans la voiture, car on ne pouvait pas rouler dans l'obscurité sur la piste encombrée d'obstacles. Or à partir de Dembia la route vaguement goudronnée s'arrête, et il ne reste plus qu'une piste de cailloux et d'herbes en direction du nord, vers Derbisaka et Daradou.

Et si l'on rencontre des éléphants ? pensa Reilly. Il chassa cette idée.

*

— Prenez la chambre que je garde pour Marc Anthouard, dit le moine à Reilly. Ce n'est pas très confortable mais le lit est bon.

Il ouvrit une porte en planches à l'extrémité de la pièce et alluma une ampoule électrique. Reilly aperçut un lit, une chaise, et une armoire en contreplaqué. Il prit son sac de voyage et le posa sur la chaise.

— Merci, dit-il. Est-ce que je vous verrai demain matin ?

— Oui, répondit le moine. Je vous servirai le café au lever du jour. Puis je vous laisserai, car j'ai un office à dire dans un village, pour un décès. Mais votre Land Rover sera là. Bonsoir.

Reilly sortit de son sac un pyjama de laine. Pendant qu'il se déshabillait les chants continuaient sur un rythme continu, mais paraissaient s'éloigner. Reilly les écoutait. C'étaient des chants d'un autre monde. Il ne les entendit pas disparaître. Il dormait.

*

À six heures du matin le moine frappa sur la planche de la porte. Un petit jour commençait à percer l'épaisseur de la nuit.

— Le café est servi sur la table, dans un thermos, dit le moine. Je suis obligé de partir. Je vais loin dans le haut M'Bomou. Bonne route, et peut-être à un de ces jours.

Reilly l'entendit descendre l'escalier de bois. La lumière diffuse du jour se répandait dans le ciel. Il aperçut au-dessous du bâtiment le toit métallique d'une Land Rover.

Les chants s'étaient tus. La piste d'atterrissage était déserte. Reilly enfourna son pyjama dans son sac, descendit l'escalier, au bas duquel deux hommes l'attendaient. C'étaient les pisteurs qui allaient le conduire. Ils portaient des pantalons kaki coupés au-dessous du genou et des chemisettes blanches. Ils se présentèrent :

— Nous sommes André et François, les pisteurs de Marc Anthouard. On nous a commandé de venir vous conduire.

En entendant son ancien prénom, Reilly eut un sursaut, mais cela n'avait pas d'importance : André, ce n'était plus lui, l'ancien président du Sénat français, mais un pisteur africain. Il leur serra la main et s'installa dans la Land Rover, sur le siège à la droite du conducteur, et ils partirent.

La voiture commença par emprunter la piste du terrain d'aviation, puis sortit sur la gauche. Le conducteur, François, pointa un doigt :

— C'est la seule route, dit-il. On va la suivre jusqu'à Dembia. Après nous emprunterons la piste en direction du nord.

★

Le trajet aurait pu se situer dans n'importe quelle partie de l'Afrique centrale. La route était étroite. Impossible d'y croiser un autre véhicule sans s'arrêter. Elle traversait une sorte de savane dont les hautes herbes cachaient la vue. De temps à autre elle servait de rue centrale à un village. Les habitations étaient plantées à une dizaine de mètres. C'étaient des huttes coiffées de toits de paille. Le passage de la voiture paraissait indifférent aux habitants. C'étaient pour la plupart des hommes à demi nus assis sur des tabourets. Quelques enfants et de petits chiens jaunes s'amusaient à courir dans le sillage poussiéreux de l'auto, et de la volaille s'enfuyait au dernier moment. Reilly s'assoupit.

Où était-il ? À quoi allait-il s'occuper ? Retrouverait-il le mystérieux domaine dans la forêt ? Comment pourrait-il s'organiser pour y vivre ? Ces pensées faisaient une sorte de sarabande, mais la perception la plus curieuse, c'était qu'il n'avait plus de passé : tout avait disparu, les élections, les déclarations, les amitiés pourtant solides, les coups bas dont il avait pu souffrir, il n'en restait aucune trace, aucun parfum, et cela lui faisait découvrir une étrange liberté : celle d'un avenir qui se déroulerait nulle part, sans aucune antériorité.

Reilly s'était endormi.

★

La route de Dembia avait été goudronnée il y avait sans doute une trentaine d'années, ce qui était un bienfait de la colonisation, mais depuis plus rien n'y avait été réalisé, et les saisons successives des pluies avaient raviné le revêtement.

Reilly découvrit qu'il y avait deux passagers supplémentaires dans la voiture, deux pisteurs accroupis dans le coffre arrière. Il leur fit un salut amical de la main.

La voiture longea un gros village, presque une petite ville. Seules les femmes marchaient dans la rue, et s'écartaient pour laisser passer le véhicule. Elles portaient des paquets sur la tête, sans doute du linge à laver ou des provisions. Elles se déhanchaient légèrement en marchant, et les plus jeunes ne portaient qu'une jupe et gardaient leurs seins nus.

Quant aux hommes, la plupart restaient assis sur de petits tabourets et semblaient absorbés par des négociations difficiles. Ils jetaient un regard hostile à la voiture, mais peut-être s'agissait-il seulement de rivalités entre les innombrables clans. Les pisteurs en saluaient quelques-uns de la main.

Toutes les maisons paraissaient semblables : des murs de paille soutenus par des branches posées à l'horizontale, et des toits de chaume. Sur un côté, toujours le même, une large ouverture était percée, et on apercevait de petits enfants et, dans l'ombre noire, des vieillards recroquevillés.

Personne ne semblait travailler.

— C'est une tribu de chasseurs, précisa le pisteur André. À la saison de la chasse tous les hommes partent en file indienne, avec leurs lances. Ils n'ont pas de fusils. Ils partagent la viande du gibier et la font sécher. Autrement ils se nourrissent de volaille. Il y a bien quelques champs de manioc, cultivés par les femmes. Mais les éléphants viennent souvent les dévaster, et il n'en reste rien !

Il fit un geste de la main, comme pour chasser un vol de mouches.

— Il y a beaucoup d'éléphants ? interrogea Reilly.
— Oui, beaucoup trop ! C'est la faute de la guerre. Ils n'ont pas été chassés pendant vingt ans. Les coloniaux étaient partis, à l'exception des missionnaires, et les Africains n'avaient pas d'armes, sauf des sagaies, qui blessent mais tuent rarement ! Les éléphants blessés deviennent méchants, et ils

cherchent à vous tuer en vous assommant avec leur trompe, puis en vous piétinant.

Dans l'horizon qui s'assombrissait, on voyait piqueter quelques flammes.

— C'est le village de Dembia, précisa André. Nous nous y arrêterons pour la nuit. Il n'y a pas d'auberge. Je vous ai apporté du pain et du saucisson avec une bouteille de bière pour dîner. Vous dormirez sur la banquette de la voiture, et nous partirons au lever du jour sur la piste de Derbisaka et de Daradou.

Il parlait un français presque parfait, en appuyant seulement sur les consonnes dentales.

— Où avez-vous appris notre langue ? lui demanda Reilly.

André se mit à rire :

— C'est aussi notre langue à nous ! répliqua-t-il. Les autres langages, ce sont des dialectes, qui changent avec les tribus ! J'ai appris le français à l'école des missionnaires, à Derbisaka. Voici votre dîner.

Il tendit à Reilly un sac en papier brun. Le reflet d'une bouteille brillait à l'intérieur.

— Merci, dit celui-ci. J'ai faim, vous avez pensé à tout.

La voiture était garée sur le bord de la route, à l'entrée du village. On pouvait entendre une rumeur confuse venant des huttes, interrompue par les aboiements des chiens. Soudain la nuit devint noire, une couleur compacte mais presque transparente, comme un voile posé sur le village.

Reilly mordit dans le saucisson. Il était heureux de retrouver son goût. La bière était restée fraîche. Un bien-être l'envahit. Une sorte de victoire, ou plutôt un triomphe définitif sur l'agitation du monde qu'il avait choisi de quitter. Il ferma les yeux. Il était libre. Les bruits venus du village se faisaient plus légers, comme ceux des vagues sur le sable des plages. Il allait dormir en dehors de toute contrainte, de toute compétition. Il n'avait plus rien à apprendre, à répéter, ou à nier. Il dormait.

⋆

Le jour l'avait réveillé, un jour blanc au travers des branches des arbres, encore enfumées par la nuit. La Land Rover s'engagea sur la piste. Un panneau de bois indiquait la direction : « Derbisaka-Daradou ». C'était bien une piste. Pas trace de revêtement, mais une terre grumeleuse, coupée de fondrières. Comme la saison des pluies n'était pas loin, tout était inondé d'une humidité qui s'était répandue sur la surface.

Reilly se souvenait du trajet qu'il avait fait cinq ans auparavant avec Marc Anthouard sur la même piste. C'était une période de chaleur qui lui avait donné l'impression d'une promenade dans un parc.

Sa rêverie fut interrompue par la vue d'une coupure argentée qui barrait la route. C'était une petite rivière que la pluie avait fait sortir de son lit.

— On va essayer de passer, lui dit André.

Les trois autres pisteurs descendirent de la voiture pour en diminuer le poids. André franchit la berge, grâce aux hautes pattes de la voiture, et roula dans l'eau. Vers les deux tiers du passage, on entendit un coup sourd sous la voiture. Elle s'était enlisée.

— Il vaut mieux que vous sortiez de l'auto, dit André à Reilly, on va la tirer de là !

Alors débuta un ballet qui semblait soigneusement orchestré. Deux des pisteurs, enfoncés dans l'eau jusqu'à la taille, s'efforçaient de glisser des planches devant les roues pour faciliter le démarrage, un autre tirait sur une longue corde en cherchant un arbre où l'accrocher. C'était cette corde qui arracherait la voiture de son blocage.

Reilly était assis sur la berge, et grignotait le morceau de saucisson qu'il avait gardé dans sa poche. Il admirait l'agilité et la bonne humeur des pisteurs. André poussa un cri :

— On y va !

Il mit le moteur en route, qui tira sur la corde. Deux pisteurs s'appliquaient à maintenir l'équilibre du véhicule qui ballottait à la manière d'une diligence d'autrefois. Puis les pneus mordirent le sable et portèrent la voiture hors de l'eau. Les pisteurs secouèrent leurs pantalons d'où jaillissaient des gouttes que le soleil rendait multicolores, et grimpèrent sur la banquette arrière. André ouvrit la portière pour que Reilly retrouve sa place, et le convoi repartit sur la piste.

Reilly restait étonné par le savoir-faire des pisteurs qui avaient gommé l'incident en une trentaine de minutes. Pas pour longtemps, hélas ! Une heure plus tard, même scintillement de l'eau qui coupait la route. Était-ce un bras de la même rivière ? Peu importe : la Land Rover s'enlisait de nouveau, et les pisteurs devaient s'engluer pour recommencer leur ballet. Pas une plainte, pas une lamentation. Reilly était émerveillé de leur bonne humeur. Il imaginait quelque part dans son arrière-cerveau ce qu'auraient été les plaintes et les criailleries d'incompétence de ses compatriotes, s'ils étaient tombés dans un pareil piège à répétition !

Le soleil étincelait maintenant dans un ciel sans nuages. La forêt prenait des allures de parc. Pas d'animaux visibles, mais seulement de temps à autre le galop d'une bête effrayée.

La voiture roulait à trente-cinq kilomètres à l'heure, et c'est seulement à dix-huit heures qu'ils arrivèrent dans le village de Barroua, où ils passèrent la nuit.

Il restait quatre-vingts kilomètres à parcourir pour atteindre Derbisaka. L'air du petit matin était glacé, et la piste restait aussi rugueuse. Reilly se réjouissait d'avoir endossé sa veste de chasse, et il se disait que l'approche d'une ville ou d'un gros village faisait toujours la même impression : celle de sortir d'une campagne sauvage et souvent déserte, pour entrer dans un univers organisé et peuplé. C'est la perception qu'il eut des premières maisons de Derbisaka. C'étaient encore des huttes mais elles étaient alignées, et au bout de quelques centaines de mètres la piste s'élargissait pour devenir une rue, aboutissant à la place centrale.

Celle-ci était décorée de quelques grands arbres au tronc épais et bordée par deux bâtiments blanchis à la chaux. D'un côté une petite église, construite en longueur, et coiffée d'un clocher, où l'on n'apercevait pas de cloche. Et en face, une sorte de bâtisse aux fenêtres régulières, qui devait servir à l'administration.

— Je vais vous conduire chez le père Van Eck, annonça André.

Il fit le tour de l'église et s'arrêta devant un bâtiment, blanc lui aussi, dont la porte était ouverte.

— C'est ici ! Vous n'avez qu'à entrer.

Reilly descendit de la voiture, et sentit ses jambes ankylosées par la longue immobilité. Il les secoua un peu avant de marcher. Ce fut le moment où le père Van Eck, alerté par le bruit, s'encadra dans la porte.

Il avança à la rencontre de Reilly et lui tendit la main.

— Je vous attendais et je vous souhaite la bienvenue, lui dit-il. Marc Anthouard m'avait prévenu de votre arrivée, mais il avait été imprécis sur la date. Entrez dans ma maison, qui sert aussi de presbytère. Vous vous reposerez, et nous pourrons parler tranquillement de votre séjour.

C'était un homme de haute taille, aux alentours d'un mètre quatre-vingts, et à la silhouette élancée. Il portait une soutane blanche, coupée en deux par une ceinture tirée d'une peau de serpent. Ses pieds étaient nus dans ses sandales de cuir brun. Une chaînette, terminée par un crucifix en bois de bambou, entourait son cou, et tombait sur sa poitrine. Ses cheveux étaient blonds, avec une raie médiane, comme sa barbe, soigneusement taillée.

Reilly était impressionné par cette forme d'élégance égarée dans l'immense forêt. Ce doit être un Père blanc, pensa-t-il.

Comme s'il avait deviné sa pensée, le père Van Eck y répondit :

— Je ne suis pas français, et je ne suis pas un Père blanc. J'appartiens à une congrégation néerlandaise, ou hollandaise si vous préférez, qui cherche à introduire la religion chrétienne dans les parties les plus reculées du monde, en Indonésie et en Afrique.

Ils étaient assis maintenant dans des fauteuils faits en osier, séparés par une table consistant en une tranche découpée dans un tronc d'arbre.

Reilly l'interrogea :

— Y a-t-il longtemps que vous êtes ici, et pensez-vous avoir obtenu des résultats sur le plan religieux ?

— Cela fait huit ans que je suis arrivé. C'est l'évêque français de Bangassou qui a fait la demande à ma congrégation. Concernant les résultats, c'est difficile à dire. Vous avez vu que nous avons construit une église. Il n'y a pas encore de cloche dans le clocher, mais votre ami Marc Anthouard, qui est le maître ici, m'a promis d'en apporter une. Tous les enfants sont baptisés et reçoivent un prénom chrétien. La plupart des femmes viennent à la messe le dimanche, et s'avancent en dansant pour recevoir la communion. Elles m'offrent des poulets en cadeau.

Reilly insista :

— Croyez-vous que ces résultats soient solides ?

Le père Van Eck haussa légèrement les épaules.

— Je n'en sais rien, dit-il, mais cela n'a pas vraiment d'importance : nous travaillons pour l'éternité.

Reilly jeta un regard par la fenêtre. L'obscurité commençait à tomber. Une immense coupole sombre s'installait sur l'infinité de la forêt. L'éternité était bien présente.

— Et puis, poursuivit le père, la situation du pays est très compliquée. Nous sommes dans le royaume Bandia, qui a été conquis par des tribus Zandés, venues sans doute du Soudan voisin. Chaque tribu occupe un village, et obéit à un chef. Ces tribus sont en état de conflits et de rivalités permanent. Elles respectent d'innombrables règles, soigneusement codifiées. Les principales victimes sont les femmes, qui appartiennent toutes au chef du clan, libre les distribuer à sa guise, ou même de les échanger.

— Mais cette situation est antérieure à l'époque coloniale, observa Reilly.

— Elle n'a pas beaucoup changé, répliqua le prêtre. J'ai assisté en 1978 aux obsèques d'un chef de tribu qui respectait strictement les anciens usages, vieux de plusieurs siècles, faits d'incantations et de sacrifices.

— De sacrifices humains ?

— Dans le passé certainement, répondit Van Eck. On sacrifiait quelques épouses et quelques serviteurs pour accompagner le mort, et parfois un fils cadet pour éviter les querelles des héritiers. Tout cela existait encore dans les années 1930, et a été étudié par des anthropologues, notamment anglais. C'est en train de changer mais plus lentement qu'on ne le croit, parce que personne ne va visiter les villages de la forêt. Venons-en au temps présent, et si vous me le permettez, voici ma question : que venez-vous faire ici ? Êtes-vous là pour la chasse, comme votre ami Marc, qui m'aide beaucoup dans mon travail ?

— Je ne suis pas venu pour chasser, répondit Reilly. Je suis venu pour résider ici, dans une tranquillité parfaite, et si possible pour disparaître.

Le père Van Eck le regarda longuement, puis tenta une remarque :

— Le fait de vivre ici suffit à vous faire disparaître ! Il n'y a aucun passage, et aucun moyen de communication, en dehors de ma radio. Mais, ajouta-t-il, Marc m'a confié en secret que vous aviez l'intention de vous installer à Hudson Lodge.

— C'est exact, concéda Reilly.

Reilly avait découvert Hudson Lodge il y avait plusieurs années déjà, lors de sa seule visite dans la région. En suivant une piste de chasse à l'éléphant avec Marc, ils étaient arrivés dans une longue allée, bordée de chaque côté par une file de palmiers, visiblement plantés. En avançant sur cette piste on découvrait loin devant soi un grand bâtiment en bois, une sorte de villa équatoriale, c'était Hudson Lodge.

Reilly s'était renseigné auprès des pisteurs et avait à peu près reconstitué l'histoire du domaine. Il était la propriété d'un Britannique, sir William Hudson, qui, déçu par un chagrin d'amour, avait décidé de vivre dans la solitude. Venu de l'Ouganda voisin, il avait organisé le domaine en traçant l'allée d'arrivée, et en faisant construire par d'innombrables porteurs la résidence qui abriterait sa vie. Le plan de la maison restait fidèle à ses origines. Après une grande entrée vitrée, pleine de portemanteaux, on entrait dans une antichambre où se prélassaient un canapé et une douzaine de fauteuils dont le cuir était rongé par des insectes.

Puis en avançant, Reilly ouvrit une double porte et découvrit le grand salon, éclairé par deux rangées de fenêtres ouvertes sur la forêt. Dans un angle on apercevait un piano noir, le fameux piano que sir William avait fait transporter depuis l'Ouganda, tant il était passionné de musique, et où il égrenait chaque soir des airs dont les notes se dispersaient dans les grands arbres voisins.

La guerre était arrivée. Mû par un instinct patriotique, sir William avait décidé de rejoindre l'armée de la Grande-Bretagne. Il était parti s'embarquer sur un paquebot à Mombasa, au Kenya, mais il était mort d'une maladie mal soignée durant la traversée. Et depuis, personne n'était jamais revenu à Hudson Lodge.

Reilly avait été captivé par le récit que lui avait fait Marc, et il avait décidé qu'un jour il viendrait vivre là. Parfois, durant les séances du soir où il présidait les travaux du Sénat, l'image de la longue allée de palmiers lui revenait en mémoire.

Et aujourd'hui, il était à Derbisaka, à cinquante kilomètres de là, et il allait pouvoir s'y installer.

*

Le père Van Eck avait reçu de Marc Anthouard des instructions pour préparer l'arrivée de Reilly. Il s'agissait d'abord du personnel.

— Vous ne pouvez pas vivre seul dans cet endroit impossible ! dit-il. Il faut du monde pour vous aider.

Je vais vous les présenter. Mais auparavant Una va nous apporter à manger.

Il appela d'une voix forte, et une Africaine fit son entrée en apportant une bouteille d'eau distillée, puis des assiettes, et enfin une casserole où grillaient des poissons.

— Servez-vous, dit le père Van Eck, qui découpa pour lui-même un filet de poisson, accompagné d'une purée de manioc. Je vous ai prévu cinq personnes. C'est un minimum là où vous serez. Il vous faut d'abord quelqu'un pour tenir votre maison, laver votre linge et faire votre cuisine. J'ai choisi une jeune Africaine, Pauline. Elle est de souche Ngabaka, qui était l'ethnie traditionnellement dominante. Ils ont été vaincus par les Zandés, arrivés de l'Equatoré voisin, autour de Juba, mais ils ont gardé leur statut de classe supérieure. Quand je suis arrivé, Pauline avait dix ans. Je l'ai baptisée, et elle a travaillé dans la petite école que j'ai créée de l'autre côté de la place, et qui est tenue par trois sœurs africaines, que m'a déléguées l'évêque de Bangassou. Elle parle parfaitement le français. Elle appartient au chef du village, comme toutes les autres femmes, et j'imagine qu'il compte la prendre pour épouse, mais il en a déjà plusieurs. Peut-être veut-il la donner à son fils aîné, seulement celui-ci n'a pas encore tout à fait l'âge. J'ai un autre projet pour elle, et je vous en parlerai un jour. En attendant c'est elle qui vous servira au domaine, si vous le souhaitez, et je vous la présenterai tout à l'heure, elle habite un logis tout près de ce bureau.

Pendant ce temps la servante africaine avait déposé des fruits sur la table, des mangues, et des sortes de prunes.

Le père continua :

— Pour aider Pauline, je vous propose Augustin. Il a seize ans et est très capable pour tous les travaux mécaniques. C'est lui qui fera fonctionner l'électricité et l'eau courante au *lodge*. Je crois que son ambition est d'entrer au séminaire à Bangui, et de devenir prêtre. Il est encore trop jeune pour se décider, et en attendant c'est un chrétien pratiquant.

— Vous en avez beaucoup comme lui ?

— Oui, plusieurs dizaines, formés à l'école, mais je ne sais pas ce qu'ils croient vraiment ! Dès qu'il y a une fête ou une danse, ou même un retour de chasse, il me semble que les croyances traditionnelles reprennent le dessus.

— Ces croyances traditionnelles, quelles sont-elles ? demanda Reilly, intrigué.

— Elles sont extraordinairement compliquées, et je les connais mal, répondit le père Van Eck. Elles varient d'une ethnie à l'autre, et même d'un village à l'autre. Les rites reposent sur des chants, indéfiniment répétitifs, et sur des sacrifices…

— Des sacrifices d'animaux ?

— Oui, des sacrifices de poulets, ou d'antilopes. Mais aussi autrefois des sacrifices humains. Certains avaient lieu sur une immense roche, perdue dans la forêt et que vous devriez aller visiter. On l'appelle la roche des Zandés. Parmi les victimes figuraient les guerriers des tribus vaincues. Mais laissez-moi revenir à votre équipe. Il vous faut un chauffeur, pour communiquer avec Derbisaka, car tous vos approvisionnements – essence comprise – viendront d'ici. Je vous propose de garder André, qui vous a déjà conduit.

— Oui, il est capable et dévoué. Je le garderai volontiers.

— Enfin il vous faut au moins deux pisteurs, si vous voulez chasser des antilopes pour la viande, et aussi pour garder le camp la nuit.

— Il y a des dangers la nuit ? interrogea Reilly.

— Pas vraiment, mais comme vous le savez, il y a une infinité de bruits, des animaux qui se poursuivent, des branches qui tombent. Il est sage de garder toujours un feu allumé ! Je vous recommande deux pisteurs : Albert et Antoine. Ce sont deux

Zandés. Albert est un géant d'une force herculéenne, qui peut porter une défense d'ivoire de quarante kilos pendant plusieurs dizaines de kilomètres. Je vous les présenterai demain.

« Et maintenant Una va nous servir du café, et je lui demanderai d'aller chercher Pauline.

Una revint avec un plateau sur lequel étaient disposées deux tasses, et des petits-beurre Lu, dans leur emballage d'origine – ce qui était sans doute un reste du dernier séjour de Marc Anthouard –, puis elle s'éclipsa.

Et Pauline fit son entrée.

★

Cette arrivée de Pauline, pensa Reilly, était un événement comme il s'en produit rarement – ou jamais – dans la vie : le choc de la beauté absolue !

Elle était grande, aux alentours d'un mètre soixante-quinze, souple avec une taille fine sous sa courte robe noire, qui s'arrêtait au-dessus des genoux. Ses bras étaient nus, comme ses épaules, et elle les tenait appliqués le long du corps, avec des mains aux longs doigts bruns. Son visage était régulier, éclairé de grands yeux doux, avec une bouche ouverte sur une denture éclatante. Ses cheveux, intensément noirs, étaient coupés assez court et dessinaient une légère ondulation.

Pas de trace d'une ascendance Bantou : une Nilotique pure. La beauté absolue.

Reilly ressentit cette entrée comme un choc violent et délicieux. Il croyait avoir tout prévu dans sa disparition, et voici que la beauté le prenait par surprise !

La voix du père Van Eck coupa sa réflexion :

— Je vous présente Pauline, votre future servante à Hudson Lodge.

Reilly ne savait que répondre.

— Bonjour Pauline, se contenta-t-il de dire.
— Bonjour monsieur, répondit-elle d'une voix calme, à la prononciation précise.

Le père Van Eck lui fit signe de s'asseoir, et reprit la parole :

— Pauline et Augustin partiront demain matin pour préparer votre arrivée à Hudson Lodge, qui n'a pas été habité depuis longtemps.

— Nous y sommes déjà allés la semaine dernière, intervint Pauline, et nous avons apporté du linge et la vaisselle pour les repas.

— C'est bien, dit le père, mais laisse-nous, maintenant. J'ai encore à parler avec M. Reilly, et il arrivera au *lodge* dans deux jours. Tu diras à Augustin de revenir ici pour l'accompagner.

Pauline esquissa un salut, fit une petite révérence et referma la porte.

Le père et Reilly restèrent seuls devant leurs tasses de café.

— J'attends pour bientôt l'arrivée de Marc Anthouard. Il fera le trajet de Bangui à Rafaï dans son avion personnel, et j'espère qu'il tiendra sa promesse de m'apporter une cloche pour l'église. J'aimerais qu'elle puisse sonner pour la fête du 15-Août. Ce serait un grand événement pour Derbisaka.

Il baissa la voix, et reprit :

— J'ai encore un mot à vous dire à propos de Pauline. Vous avez vu qu'elle était très belle. Son ethnie, celle des anciens Ngabakas, est minoritaire. Malgré l'évolution, le chef du village reste le

« maître » de toutes les femmes qu'il peut utiliser, attribuer ou échanger. Je ne connais pas son âge, qui me paraît supérieur à soixante ans, et il ne m'a rien dit de ses intentions pour Pauline. Je vous dis cela parce que vous serez tenté de vous amuser avec elle, mais je vous prie de ne pas la prendre !

Reilly était médusé. Quelle sorte d'« amusement » lui était-il permis ? Et il n'avait jamais songé à une liaison ! Son épouse poitevine était décédée depuis plus de quinze ans et était enterrée à Mareuil-les-Coteaux où il allait chaque année lui rendre hommage à la Toussaint. Depuis il avait eu quelques courtes aventures avec des stagiaires – des « *interns* », diraient les Américains –, mais il ne s'y était pas attaché. Il les avait vécues comme des occasions à saisir, et il n'était pas venu en Afrique à la recherche d'une opportunité.

Son regard partit à la recherche des yeux du père.

— J'ai compris votre recommandation, dit-il, et je ne ferai aucun tort à Pauline !

Le père se leva en s'appuyant des deux mains sur la table, ce qui fit vibrer la porcelaine des tasses à café.

— Venez, dit-il, je vais vous montrer votre chambre, et aussi la pièce où j'ai déposé tous les équipements que Marc m'a fait parvenir à votre intention.

★

Ils sortirent du presbytère et marchèrent en direction d'un petit hangar fait en planches et recouvert d'un toit de tôle grise.

— C'est ici, dit le père, et il ouvrit la porte.

Reilly aperçut un alignement de caisses. À leur forme allongée il reconnut ses armes : une carabine 300 Winchester pour tirer les antilopes, et une autre plus lourde de calibre 375, pour une éventuelle chasse à l'éléphant. Derrière les armes il identifia ses deux valises où il avait entassé ses vêtements de vie courante, ses affaires de nuit et de toilette, et ses équipements pour la pluie et la chasse. Une petite caisse en bois contenait sa bibliothèque, c'est-à-dire la collection de livres qu'il avait choisie pour lui tenir compagnie dans sa résidence solitaire. Il en avait déjà lu la plupart, parfois même plusieurs fois, mais cela n'avait guère d'importance, car il goûtait la relecture des livres qu'il avait aimés. Pas de radio, qui ne servirait à rien dans ce désert forestier. Mais un petit appareil photo japonais, avec plusieurs rouleaux de pellicule.

— Tout est là ! s'exclama-t-il. Mais comment ce barda est-il arrivé jusqu'ici ?

— C'est Marc qui s'en est chargé, répondit le père. Je ne sais pas comment il a envoyé ces caisses depuis Paris, mais entre Bangui et Rafaï il a loué une camionnette qui a fait le transport. Et depuis Rafaï c'est André qui s'est chargé de faire la navette.

— Il n'a pas eu d'ennuis avec les armes ?

— Non, mais je crois qu'il n'a rencontré personne, seulement quelques villageois, et aucun fonctionnaire.

— De toute façon ce sont des armes de chasse ! dit Reilly.

— C'est vrai, répondit le père, mais cela n'aurait pas gêné un fonctionnaire de les saisir, sous le prétexte de les vérifier, et vous ne les auriez jamais revues ! Mais avez-vous des munitions ? poursuivit-il.

— Évidemment, mais elles sont dans la caisse des livres, entre deux volumes de la Pléiade !

— Voulez-vous que tout cela soit transporté à Hudson Lodge ?

Reilly prit le temps de la réflexion. Pour les vêtements, oui, pensa-t-il. Il n'y a aucune raison de ne pas les emporter. Mais, concernant les munitions, il serait plus sage d'en laisser une partie à Derbisaka, pour le cas, très improbable, où il y aurait un pillage dans le *lodge*.

— Je vais ouvrir la caisse des livres, dit-il, et choisir quelques boîtes de munitions que je vous demanderai de garder ici.

— Comme vous le voulez, dit le père, et je demanderai à André de transporter le reste au *lodge*, où vous le trouverez. J'imagine que Marc Anthouard va arriver dans les jours prochains, car la bonne saison de la chasse à l'éléphant approche. Sachez que Marc est ici un personnage considérable. Il a obtenu, du temps de Bokassa, une concession de chasse sur tout le haut M'Bomou, et les autorités locales se réfèrent à lui. Il arrive dans son avion personnel, qui est stationné à Bangui.

— Mais il n'y a pas de fonctionnaire à Derbisaka ?

— Pas vraiment, répondit le père Van Eck. Il y a bien des émissaires qui viennent de temps à autre de Bangassou pour collecter les impôts. Je ne sais d'ailleurs pas comment ils font leurs calculs. D'après le nombre d'animaux, semble-t-il ! La seule autorité ici est celle du maire.

— Il est élu ? interrogea Reilly.

— Non ! éclata de rire le père. C'est le chef du clan majoritaire, la « main », dit-on ici. C'est un Zandé. Il s'y ajoute un personnage très important, c'est le sorcier.

— Il y a encore un sorcier ?

— Il y a un sorcier dans la plupart des villages. Vous reconnaîtrez facilement le nôtre, il est albinos.

Il a les yeux presque blancs, et il terrifie les habitants et réussit, semble-t-il, à en faire mourir certains de frayeur.

— J'aimerais le voir, dit Reilly.

— C'est facile à organiser, mais revenons à mon presbytère où je vais vous montrer votre chambre.

*

Le père conduisit Reilly dans le presbytère au bout d'un long couloir. Il ouvrit une porte sur une pièce assez large, meublée d'un grand lit et de sièges en bambou. Dans un angle on apercevait un lavabo et une petite glace. Le sol était recouvert d'une natte en paille. Et un superbe trophée d'élan était accroché à un mur.

— C'est la chambre de Marc. Vous allez l'occuper jusqu'à votre départ, et on la mettra en ordre pour son arrivée.

*

L'entrée de Marc Anthouard à Derbisaka se fit en fanfare. Par le mystérieux réseau d'information qui existe en Afrique, la population pressentait son arrivée prochaine. Les habitants, surtout les hommes, échangeaient des nouvelles. Et soudain, au début de l'après-midi, on entendit des ronflements lointains de moteur. La population fut électrisée.

Après un quart d'heure on aperçut la voiture de Marc sur la piste. Elle était neuve, et brillait au soleil. Marc était au volant, avec une chemisette blanche et un chapeau de brousse. Il portait des lunettes de soleil et agitait la main gauche.

Derrière lui avançait un petit cortège : deux pick-up Toyota de couleur verte transportant des pisteurs et des sacs, puis une camionnette Peugeot, plutôt antique, et datant sans doute de l'époque coloniale.

Les enfants de Derbisaka gambadèrent derrière les véhicules en poussant des cris. Les uns portaient des pagnes, les plus petits étaient nus. Tout le monde arriva sur la place où le père Van Eck et le maire Zandé attendaient. On distinguait dans la foule le visage blafard du sorcier. Marc Anthouard ouvrit la portière de sa Land Rover et descendit de sa voiture. Il était vêtu d'un pantalon de brousse kaki et le col de sa chemisette était déboutonné. Il fit quelques pas vers le père et le maire, au milieu des glapissements aigus de la foule, puis serra le père Van Eck contre sa poitrine. Il était revenu !

— Pas de problème pendant la route ? l'interrogea celui-ci.

— Aucun problème, sauf les traces d'éléphants. Ils semblent particulièrement nombreux. On m'a dit que Reilly était arrivé. Je ne le vois pas. Où est-il ?

— Il est effectivement arrivé, dit le père. Il s'est installé à Hudson Lodge, avec une petite équipe. Il attend votre visite.

— Je vais aller le voir. Je sais qu'il connaît déjà l'endroit, je le lui ai fait découvrir lors de sa première visite. Il paraissait alors enthousiasmé. Mais je ne vais pas m'y installer. Ce n'est pas un bon endroit pour chasser l'éléphant. Je préfère monter un camp à Daradou. Est-ce qu'il y a du monde dans le village ?

— Une quarantaine de personnes tout au plus, répondit le père. Ce sont des Zandés. Ils sont très pacifiques, et s'occupent à chasser les antilopes. Mais je n'ai pas réussi à les convertir. Ils redoutent le sorcier, celui qui vit ici. On me dit qu'il a fait mourir un habitant du village qui refusait de lui obéir, c'est-à-dire de le payer en nature.

— Vous savez comment il l'a tué ? demanda Marc.

— Non, je ne le sais pas, et ne peux pas le savoir. C'est de la sorcellerie. Il y a une part de psychologie, qui terrifie la victime, et sans doute le recours aux poisons. Tout le monde ici connaît des plantes vénéneuses et des herbes à fonctions sexuelles. Mais laissez-nous décharger vos voitures.

Le père leva le bras dans un geste de commandement. Plusieurs hommes s'approchèrent des voitures et s'emparèrent des sacs. Une grande caisse isolée restait au fond de la troisième voiture. Les hommes semblaient avoir de la peine à la remuer.

— C'est la cloche de l'église, dit Marc. Je vous l'ai apportée pour que vous puissiez la faire sonner pour la fête du 15-Août. Vous la célébrez toujours ?

— Oui, mille mercis, dit le père, qui paraissait ému. C'est une fête d'origine française, apportée par la colonie, mais l'évêque de Bangassou nous recommande de continuer à la célébrer. Cette année, j'organiserai une cérémonie, et nous marcherons en procession au son de votre cloche. J'espère que vous serez présent, et que vous amènerez votre ami !

— Je viendrai, mon père, et j'écouterai sonner cette cloche.

Les pisteurs avançaient en formant une file, et en portant sur leurs têtes des sacs et des filets remplis de provisions. Ils allaient les déposer dans la cabane, située derrière le presbytère, où Marc avait l'habitude de ranger ses affaires.

— Venez ! lui dit le père. Laissons-les finir ce déchargement. Il commence à faire chaud. On va nous apporter à boire, et vous allez me raconter ce que vient faire ici ce M. Reilly.

Marc s'assit dans un fauteuil en osier qui fléchit sous le poids de ses cent dix kilos. Il parcourut du regard la foule qui l'observait.

— Je ne vois pas Pauline, dit-il. Est-elle toujours présente ?

— Oui elle est ici, mais je l'ai envoyée à Hudson Lodge tenir la maison de votre ami.

— Est-elle toujours aussi jolie ? demanda Marc, qui l'avait connue petite fille au presbytère, et qui l'avait vue grandir d'année en année, d'une campagne de chasse à l'autre.

— Elle est superbe, et cela va lui poser un problème difficile. Le chef de village, la « main », comme ils disent, la veut pour lui, mais il est déjà encombré d'épouses plus ou moins jalouses qui lui rendent la vie pénible. J'ai une autre idée pour Pauline. J'aimerais qu'elle termine son éducation en France, mais j'aurais besoin de votre aide pour cela.

— Vous pouvez compter sur moi pour trouver une solution, répondit Marc.

★

Marc partit installer son camp à Daradou. Le village était pratiquement inhabité : quelques paillottes dispersées dans la forêt, et une clairière où Marc allait pouvoir dresser ses tentes, des tentes confortables en un épais tissu imperméable vert. Elles étaient spacieuses et comprenaient à l'arrière un espace de rangement muni de quelques étagères et une penderie où accrocher les vêtements de chasse. Au-delà on trouvait une sorte de cabinet de toilette avec une table, dotée d'un miroir pour le rasage, et une pomme de douche au-dessus de laquelle était suspendu un cylindre de grosse toile, que les pisteurs venaient remplir d'eau chaude au retour de la chasse. À côté, derrière une cloison de paille, était installé le siège des toilettes. L'aménagement de ces tentes était inhabituel en Afrique centrale. Il tenait au fait qu'elles étaient de fabrication britannique et qu'elles servaient pour des safaris de luxe au Kenya, où Marc Anthouard les avait achetées.

Au milieu des tentes d'habitation, une tente plus large était plantée. La toile était relevée sur ses côtés pour en faciliter l'aération, et au milieu s'étendait une longue table entourée de fauteuils de bambou. C'était à la fois le salon et la salle à manger, et elle était décorée de trophées de chasse, dont celui d'un superbe élan de Derby, accrochés aux poteaux qui soutenaient l'ensemble. Toutes les tentes étaient recouvertes d'une double protection qui les mettait à l'abri des pluies torrentielles et du soleil écrasant de l'été.

C'est là que Marc prenait son petit déjeuner et passait la soirée au retour de la chasse. Il s'occupait à lire des romans d'aventures plus ou moins érotiques dont la collection remplissait une planche de bois accrochée à mi-hauteur. Et c'est aussi là qu'il fumait chaque soir ses gros cigares importés de La Havane.

La forêt bruissait du sifflement du vent dans les feuillages, et des cris d'animaux épars dans les buissons, souvent des hurlements de frayeur émis par ceux qui cherchaient à échapper à des prédateurs, ou des appels des grands fauves qui protégeaient au loin leur territoire. Seuls les aboiements des hyènes, à la recherche de déchets alimentaires, se faisaient entendre au voisinage du camp.

Ce soir-là Marc sirotait un grand verre de gin tonic lorsqu'il entendit au loin le vrombissement d'un moteur. Le bruit se rapprocha, et il repéra les lueurs des phares d'un véhicule qui roulait sur la piste en direction du camp. C'était Reilly qui venait lui rendre visite.

Ils s'embrassèrent chaleureusement, et Marc invita son ami à venir s'asseoir sous la tente. Il lui fit servir un verre de gin tonic de la même taille que le sien, rafraîchi par un réseau de glaçons extraits d'un réfrigérateur à pétrole.

— Il y a longtemps que tu es arrivé ?

— Près d'une semaine déjà. Je suis resté deux jours à Derbisaka. J'y ai fait la connaissance du père Van Eck. C'est un type formidable. On se demande ce qu'il fait là !

— Il essaie de conduire les Zandés au paradis ! Peut-être y arriveront-ils avant nous !

— En tout cas ils marcheront au son d'une cloche ! J'ai eu tous les emmerdements possibles pour l'apporter, s'exclama Marc. Et toi tu te fous de ce qui se passe en France ! Je peux te rassurer en te disant que personne ne parle de toi. Il y a eu un changement de gouvernement, mais cela ne paraît intéresser personne, et le milieu politique est sévèrement jugé.

— Mais il y a une crise ? interrogea Reilly.

— Oui, une sorte de crise, ou une variété de déclin. Personne n'y donne une explication convaincante. Nous glissons en queue de la plupart des classements en Europe, notamment pour notre éducation qui est en lambeaux, alors qu'avant la guerre de 1914 elle était la première d'Europe ! Tout le monde devient bachelier, mais peu de candidats sont capables de rédiger une lettre, ce que faisaient les enfants des agriculteurs de l'école primaire aux alentours de 1900. Et l'enseignement de l'histoire veut faire croire que la France n'a que trois siècles d'existence, alors que les petits Chinois connaissent les dynasties de trois millénaires ! Mais je ne suis pas venu pour te parler de cela ! Et de toute manière, c'est cela qui t'a fait partir !

— Non, ce n'est pas cela, la cause de mon départ. Évidemment ceci a joué un rôle, mais la cause de mon départ est ailleurs.

— Tu m'en parleras ? interrogea Marc.

— Si tu veux. La vraie cause c'est le tapage et la bêtise ! L'envahissement d'une information approximative et pleine de préjugés. Et la sensation, peut-être inexacte, que la bêtise montait à la surface, que la réflexion raisonnable qui nous venait de sources lointaines n'avait plus sa place. Et aussi que la recherche de l'argent facile avait tout envahi. Le football c'est de l'argent, et cet argent coule des puits de pétrole, et se retrouve le soir sur les écrans de télévision. Comment peut-on accepter de rémunérer des magistrats, des enseignants ou des enseignantes motivés, des sous-officiers des forces d'intervention dix ou vingt fois moins qu'un joueur de football ! Qu'est-ce que c'est que cette société que l'argent et la jalousie font périr, et dont la communication est tenue par la gorge ! Voilà la cause non de mon départ, mais de ma disparition. Je voulais vivre ailleurs, et au besoin nulle part !

— Mais tu es heureux, maintenant ? demanda Marc.

— Oui, si tu veux ! Le bonheur est un état compliqué et fragile que le temps finit par mettre à mal.

Reilly sentit passer dans sa mémoire l'éclair d'un amour de jeunesse, un amour passionné pour une toute jeune fille à la peau parfumée, qui était sa cousine, à Mareuil-les-Coteaux, et avec laquelle il avait échangé ses premières caresses. Il l'avait abandonnée à la suite d'une querelle mesquine de jalousie. Pourquoi cette image jaillissait-elle, avec le souvenir violent des sensations qui l'avaient éveillée, dans ce temps éloigné et ce pays inconnu ? Bizarrerie indiscrète de la mémoire.

— Oui, heureux, reprit-il. Je suis seul, tranquille, dans un pays magnifique, où les bruits des temps modernes ne viendront pas me déranger…

— Tu peux être tranquille, reprit Marc, les temps modernes te ficheront la paix, ici. À propos, sais-tu que tu te trouves dans un lieu historique ! (Il se balança en arrière pour siroter une gorgée de gin.) Si Daradou figure sur la carte Michelin d'Afrique, alors que le village ne compte pas plus de quarante habitants, c'est qu'il a été un point de passage de l'expédition Marchand lors de la fameuse affaire de Fachoda.

Reilly fronça les sourcils. Le nom de Fachoda lui évoquait de vieux souvenirs.

— Les Britanniques et les Français faisaient la course pour atteindre les sources du Nil au Soudan. Les Britanniques, conduits par Livingstone, étaient partis d'Afrique du Sud et remontaient vers le nord. Les Français venaient de l'embouchure du Congo à l'ouest, et traversaient l'Afrique horizontalement. Ils étaient commandés par un officier de carrière, le commandant Marchand, qui avait outrepassé les ordres de la hiérarchie pour organiser son expédition. Il avait recruté plusieurs centaines de porteurs, des quasi-esclaves, par qui il faisait transporter de grandes barques, presque des bateaux, car il savait qu'il y aurait des fleuves à traverser. Il est passé par ici, et est arrivé le premier à Fachoda.

Marc entendit un léger sifflement : Reilly dormait. Il alla chercher dans sa tente une grande couverture de laine beige, et l'étendit sur son ami. La nuit africaine protégeait son sommeil.

*

Le lendemain matin, Reilly et Marc se retrouvèrent assis dans leurs fauteuils pour le petit déjeuner. La chemise kaki de Reilly avait été chiffonnée par la nuit, mais comme le soleil n'était pas encore levé, cela faisait peu de différence. Le café, l'ananas et l'indispensable antipaludique étaient servis par un *boy* africain que Marc, avec son goût du faste et son obsession de ne pas être surpassé par les chasseurs anglais, avait revêtu d'un uniforme de toile blanche coupé d'une large ceinture rouge. Augustin se tenait à distance, impressionné.

C'est Marc qui ouvrit le feu :

— Tu as l'intention de chasser ? interrogea-t-il. Tu sais qu'il s'agit avant tout de chasser l'éléphant. Il y a aussi des antilopes, notamment des élans qu'on tire pour alimenter le camp en viande. Il y a aussi des bongos. Ils sont difficiles à trouver parce qu'ils se cachent dans les fourrés et ne sortent que la nuit. Évidemment le plus important est la chasse à l'éléphant. Elle est extraordinaire dans ce territoire, et c'est la raison pour laquelle j'ai loué cette concession. Elle est immense.

— Tu l'as payée cher ? interrogea Reilly.

— Non, pas très cher. Je l'ai eue pour presque rien. Personne ne vient jamais ici. Il n'y a pas de chasseurs professionnels, ni de campement.

— Mais comment l'as-tu découverte ?

— Au fond, c'est le hasard, répondit Marc. C'est grâce à un ami, un ancien polytechnicien, qui dans la deuxième partie de sa vie s'est piqué d'exploration. Il parcourait à pied les recoins inconnus de la planète, ce qui l'a conduit jusqu'ici, où il a été impressionné par le nombre d'éléphants, qu'il était par ailleurs incapable de tuer. Il m'en a parlé à son retour en France, et c'est ce qui a déclenché mon premier voyage. Mais revenons à tes armes. Qu'as-tu apporté ?

— J'ai pris avec moi une carabine légère, une 300 Winchester. Je l'ai d'ailleurs utilisée en route pour nourrir mes trois pisteurs. Les autres armes sont arrivées avec les bagages que tu as bien voulu acheminer. Il s'agit d'une carabine plus lourde, une 375 Holland et Holland, qui est, paraît-il, parfaite pour chasser l'éléphant. Et j'y ai ajouté une carabine à deux coups, fabriquée en Écosse, pour arrêter une charge d'éléphant.

— Tu devrais tenir une armurerie ! s'exclama Marc en se renversant dans son siège. Il est exact que les plus grands chasseurs d'éléphant du début du XXe siècle, pour protéger les équipes qui construisaient les chemins de fer, se servaient exclusivement de carabines 375. C'est ce que raconte le fameux Walter Bell, dont tu as dû lire les Mémoires, car il avait la plume facile.

— Je ne les ai pas lus, confessa Reilly.

— Tu les trouveras sur un rayonnage à Derbisaka. Ici on a affaire à deux types de chasse à l'éléphant : dans la grande forêt où on suit leur piste, jusqu'à ce qu'ils ralentissent à la chaleur de midi. On les tire de très près, vingt ou trente mètres. Il vaudra mieux utiliser ta carabine lourde. L'autre action de chasse se déroule en paysage ouvert, dans la savane qui se situe au nord de la concession, et qui s'étend jusqu'au Soudan, où se déroule une abominable guerre civile. On tire de plus loin et ta carabine 375 fera merveille. Il y a un point à surveiller : dans ta lunette de visée tu apercevras un morceau granuleux de la peau de l'éléphant, et tu es souvent incapable de le situer sur le corps de l'animal, alors qu'il faut trouver la fente de l'oreille.

« Je ne veux pas être trop pédant, poursuivit Marc, mais permets-moi de te rappeler quelques notions sur la chasse à l'éléphant. Quelques amateurs, et des auteurs de livres de voyage font croire qu'on tire l'éléphant de face, en visant la trompe, à hauteur des yeux. C'est ce que montrent généralement les photos des couvertures de livres, mais c'est faux ! Le cerveau de l'éléphant est assez loin à l'arrière de la tête, et un tir dans le crâne, rempli d'une matière spongieuse, ne l'atteint pas. Il y a en réalité deux points de visée.

« Pour les chasseurs britanniques, c'est le haut des pattes, autrement dit l'épaule. Si on casse la patte, l'éléphant tombe, et ne peut pas se relever. On s'approche pour l'achever. Ce n'est pas très sportif !

« L'autre manière, qui est la nôtre, c'est de viser directement le cerveau. Pour l'atteindre, il faut être placé sur le côté de l'animal, et regarder son oreille. Dans le bas de l'oreille il y a une ouverture, comme dans la nôtre ! Elle a la forme d'une fente étroite, plutôt longue, qu'on distingue assez bien. Le cerveau se situe derrière. Si on tire dans cette fente, l'éléphant tombe foudroyé !

Reilly écoutait attentivement la leçon. Son ignorance lui donnait un complexe. Il aurait évidemment tiré dans la trompe, à la hauteur des yeux. Qu'aurait-il fallu faire ? Si l'éléphant chargeait, pourrait-il trouver le temps de tirer un second coup ? Valait-il mieux se jeter par terre pour que l'éléphant vous évite dans sa course ?

— Veux-tu un autre gin ? lui demanda Marc, qui observait son interrogation inquiète. De toute façon nous serons ensemble, ce qui éliminera le danger.

*

La nuit commençait à tomber, ou plutôt une brume d'obscurité gagnait le haut des arbres. Les étincelles du feu craquelaient au centre de la petite place.

Marc conseilla à Reilly de partir.

— Augustin connaît bien la piste de Hudson Lodge. Elle ne pose pas de problèmes.
— Pourquoi ne viendrais-tu pas déjeuner demain ? proposa Reilly. Pour poursuivre ton cours de chasse à l'éléphant.
— Ce serait difficile demain, j'ai encore du déballage à faire, mais si tu veux, après-demain. Et je t'apporterai un livre de Bell, pour ta lecture. Au revoir !

Les deux hommes s'embrassèrent. Augustin faisait ronfler le moteur dans la nuit, qui s'était épaissie, et Reilly s'enfonça dans l'obscurité de la piste.

★

Après une demi-heure de route, les phares de l'auto éclairaient une singulière construction, une petite hutte en paille, qui se trouvait à une quarantaine de mètres sur le côté, en bordure de la forêt.

— Qu'est-ce que c'est ? interrogea Reilly.
— C'est un fétiche, répondit Augustin.

On apercevait une porte ouverte, dans le bas du petit édifice, et grâce à sa torche Reilly pouvait distinguer un entassement d'objets, des bouteilles vides, des boîtes éventrées, et de petits objets en bois.

— Mais cela sert à quoi ? reprit Reilly.
— Cela appartient au sorcier. Les villageois viennent y déposer des cadeaux pour les dieux.
— Arrête le moteur, ordonna Reilly. Je vais aller prendre une photo de ce « fétiche » avec le flash de mon appareil.

Il descendit de la voiture et fouilla dans son sac pour y trouver son Canon. Il alluma le flash, et s'avança, à l'aide de son éclairage, en direction du « fétiche ». Il souhaitait prendre la photo à une dizaine de mètres de l'entrée pour avoir une image précise de son contenu. Au moment où il s'apprêtait à mettre un genou à terre, il entendit derrière lui un cri poussé d'une voix hystérique.

— Arrête ! Arrête !

C'était Augustin qui l'appelait :

— Arrête ! Si tu avances encore tu vas mourir.

Reilly poussa le déclic de son appareil et se retourna. Augustin était derrière lui. Il n'était plus noir, mais d'une sorte de gris, suant de peur.

— Arrête ! Ce fétiche appartient aux sorciers. Si tu le touches, ils vont te faire mourir !

Reilly était stupéfait. Il interrogea Augustin :

— Je croyais que tu étais chrétien ! Pourquoi as-tu peur de ce fétiche ?

— Oui, je suis chrétien, j'ai été baptisé, mais je ne peux pas ignorer les croyances de ma tribu. Je suis Zandé, de père et de mère, et mes ancêtres respectaient ces croyances. Si je les viole, ou si tu les contraries, les sorciers vont te tuer. Ils vont t'empoisonner !

— Mais ils ne sauront pas que j'ai touché leur fétiche !

— Dans la forêt tout se sait partout. Et il est facile de trouver des plantes pour t'empoisonner ! J'en connais plusieurs espèces, et je peux chercher aussi pour toi une herbe assez rare qui est efficace pour raidir ton sexe !

Reilly le regarda monter dans la voiture, sur la banquette posée à l'arrière et réservée aux pisteurs. Il était encore gris de frayeur, et on entendait grincer ses dents.

★

Il restait encore une vingtaine de kilomètres avant d'arriver à Hudson Lodge, et la piste était d'un roulement facile. Reilly gardait le volant tant il avait été surpris de la crise de nervosité d'Augustin. Pendant qu'il conduisait il pensait à la grande maison qu'il allait retrouver.

Oui, une très grande maison ! Sir William avait eu des idées grandioses : elle s'étirait sur trois cents mètres, avant de se prolonger par l'allée d'arrivée, tournée vers le sud et bordée d'un double alignement de palmiers, distants d'une dizaine de mètres. L'ensemble du bâtiment et de l'allée devait couvrir près de un kilomètre.

La première pièce au sud était une sorte d'antichambre, garnie de canapés et de tables sciées dans des troncs d'arbres. Les insectes avaient rongé les tissus des coussins, mais les armatures des sièges restaient intactes et on avait, par la double porte, une vue superbe sur l'allée d'arrivée.

Puis venait le salon-salle à manger, avec des fenêtres ouvertes sur les deux côtés. Le centre était occupé par une table ronde entourée de sièges probablement importés d'Angleterre, et qui n'avaient pas servi depuis des années. Sur le côté, adossé à la forêt, un grand bahut devait contenir la vaisselle.

Dans l'angle nord-ouest de la salle à manger une porte ouvrait sur la chambre à coucher qu'occupait désormais Reilly. Pauline et Augustin avaient bien fait les choses : ils avaient accroché une tapisserie de tissus bariolés sur un mur, et une armoire à vêtements garnissait une autre cloison. Sous la tapisserie s'étalait le lit de Reilly, large d'environ deux mètres, avec un polochon blanc et une couverture de coton beige. Sur le côté du lit était fixé une sorte d'accoudoir en bambou.

Au-delà se trouvaient deux chambres pour les invités de passage, débouchant sur la cuisine puis les cellules du personnel.

*

Ce matin-là, Reilly avait à préparer la venue de Marc pour le déjeuner. Il avait appelé Pauline afin de lui donner ses instructions. Elle était entrée par la porte donnant sur le couloir.

Elle était d'une élégance parfaite. Elle portait un ensemble coupé dans une toile de coton kaki clair. Le haut était un chemisier largement ouvert sur le cou et qui s'arrêtait sur les épaules au départ des bras. Sa jupe taillée dans le même tissu était droite, et laissait voir ses superbes jambes noires.

Elle tenait dans une main un petit carnet de moleskine, sans doute pour prendre les ordres, et dans l'autre un crayon. Elle s'avança dans la pièce et appuya sa jambe contre la balustrade du lit.

Reilly était encore étendu et lui donnait des indications : des mangues pour commencer, puis de la viande de gibier, apportée de Derbisaka, et un fromage de Savoie que lui avait offert Marc. Il faudrait faire cuire du pain. Et après le gin tonic, on servirait du vin rouge portugais, celui qui résiste à la chaleur.

Chapitre 3

Le premier éléphant

La chasse à l'éléphant commença à table, où Marc, qui était sans conteste le meilleur expert français de cet exercice, déroula son savoir sans rien omettre.

Ils étaient assis l'un en face de l'autre. Augustin assurait un service discret et remplissait les verres de vin rouge portugais, le fameux *vinho tinto,* qui se conservait le mieux en Afrique. Marc reprit la parole :

— Aujourd'hui je te parlerai de la chasse en forêt, parce que c'est la saison. Elle commence très tôt le matin par un pistage à partir d'un point d'eau, où les éléphants sont venus boire pendant la nuit.

Pourquoi boivent-ils pendant la nuit, et non dans la journée ? Je n'en sais rien. Peut-être est-ce par peur de l'homme. On repère les traces de leurs pieds au bord de la mare, et à partir de là on va les pister.

Reilly écoutait avec attention, renversé sur le dos de son fauteuil. Il posa une question :

— Les traces vous donnent-elles beaucoup d'informations sur leur taille, sur leur âge, sur l'importance de leurs défenses ?

— Ici on ne parle pas de défenses ! l'interrompit Marc. On les appelle des pointes ! Mais pour répondre à ta question, il n'y a pas de relation évidente entre la dimension des pieds et la taille des pointes. On trouve des éléphants qui ont de petits pieds et de grandes pointes, et à l'inverse de petites pointes portées par de grands éléphants. Le plus sûr malgré tout est de trouver un grand pied, et de le suivre.

— Mais comment est organisé le pistage ? demanda Reilly.

— Toujours de la même manière : il y a deux pisteurs devant, les meilleurs du groupe, qu'on change parfois en chemin. Ils ont les yeux rivés au sol pour suivre les traces, et ils gardent généralement dans la main une petite baguette pour signaler leurs découvertes à leur partenaire. Tout se fait en silence pour ne pas alerter les éléphants.

« Derrière les pisteurs marche le chasseur, à une dizaine de mètres, puis après lui un autre pisteur qui porte sa carabine sur son épaule. Ce sont des armes lourdes, car on ne tire généralement qu'un seul coup pour abattre l'animal avant qu'il ne charge, s'il est blessé, ou qu'il ne s'enfuie.

— Et comment peut-on apprécier la distance à laquelle des éléphants se trouvent dans la forêt ? ajouta Reilly.

— D'abord au bruit, répondit Marc, parce qu'ils cassent des branches et renversent de petits arbres pour se nourrir. Mais tu peux aussi utiliser leurs laissées, c'est-à-dire leurs crottes. Comme c'est un animal strictement herbivore, ces laissées ont la forme de petits cylindres de paille que les éléphants font tomber sur leur route. Tu y enfonces ta main, et si la température est tiède c'est que l'éléphant n'est pas loin, et que tu as des chances de le rattraper. Si elle est froide, c'est que l'éléphant est passé devant toi, et qu'il sera difficile de le rejoindre.

— Tu ne trouves pas dégoûtant d'enfoncer ta main dans sa crotte ? interrogea Reilly.

— Non, pas du tout, j'ai l'habitude, et ces crottes sont particulièrement propres, à la différence des nôtres ! C'est de la paille sèche !

⋆

La nuit s'était allégée au lieu de s'épaissir. On pouvait l'apercevoir au-dessus de la tête des grands arbres, comme un espace vide et tiède, parcouru de points lumineux.

— Bonsoir, dit Marc. Merci pour ton hospitalité, mais je préfère aller dormir à Daradou. Et puis il faut que je récupère mes armes.
— Tu n'as rien dans ta voiture ?
— Si, une carabine légère, en cas de mauvaise rencontre, mais cela ne convient pas pour l'éléphant.

Reilly regarda les feux rouges de la voiture s'allumer puis s'éloigner sur la piste. On pouvait distinguer à l'arrière les silhouettes sombres des pisteurs.

*

Le lendemain matin, à cinq heures précises, Reilly aperçut le scintillement des phares sur la piste. Cette route était droite pendant un kilomètre au nord du *lodge*, puis elle s'enfonçait dans la forêt. Les véhicules roulaient encore, et leurs lumières jaillissaient entre les arbres. C'était Marc qui arrivait de Daradou.

Reilly avait préparé ses deux carabines, la 375 et l'arme écossaise, et avait placé leurs munitions dans les deux compartiments de la sacoche en cuir qu'il portait à sa ceinture. Marc l'étreignit.

— Tu es prêt ? On y va, dit-il, mais je pense qu'il faudrait aussi prendre ta Land Rover. Je suis venu avec deux véhicules mais cela me semble un peu juste pour quatorze personnes.

— Qui sont ces quatorze personnes ?

— C'est notre équipe de chasse : il y a toi et moi, et nos trois pisteurs. Puis nos porteurs de carabines, ce qui fait sept, et les trois conducteurs de véhicules. Et enfin quatre porteurs qui marchent derrière en portant nos sacs, la boisson, et éventuellement les trophées. Cela fait bien quatorze.

Reilly fit signe à Augustin d'aller chercher la Land Rover. Le cortège se forma et se mit en mouvement. La nouvelle voiture de Marc roulait en tête, avec deux pisteurs assis sur la banquette surélevée, à l'arrière. Marc tenait le volant d'une main, et dans l'autre un énorme sandwich.

— C'est du foie d'élan, dit-il.

Cette dégustation matinale paraissait contraire au régime de Marc.

— Nous allons loin ? l'interrogea Reilly.

— Une vingtaine de kilomètres. Il y a une grande mare, souvent fréquentée par les éléphants la nuit.

Après une heure de route le cortège s'arrêta.

— Nous allons continuer à pied, dit Marc, pour ne pas déranger les éléphants !

Le cortège se forma, les pisteurs en tête, et chacun respectait le silence, on parlait à voix basse. Il n'y avait pas de piste, mais d'innombrables sentiers, piétinés par les animaux.

Reilly aperçut entre les arbres une lame d'argent. C'était la mare. Le soleil s'était levé.

— Nous restons ici, dit Marc. Les pisteurs vont voir s'il y a des traces.

Reilly s'assit sur une branche morte, et ils attendirent.

Au bout d'une demi-heure les pisteurs revinrent.

Ils paraissaient excités. Le plus grand, Albert, marchait en tête. C'est lui qui prit la parole :

— Les éléphants sont venus boire cette nuit. Il y en avait plusieurs, dont un avec un grand pied. Ils sont partis au lever du jour. Nous pourrions les rattraper.
— Combien sont-ils ? demanda Marc.
— C'est difficile à dire, les traces sont mélangées. Six ou sept sans doute, dont un groupe de trois qui restent ensemble, et qui compte le grand éléphant.
— Prenez la piste, dit Marc. Nous allons les suivre.

Les pisteurs de tête repérèrent le grand pied au bord de l'eau, et commencèrent à le suivre, leur baguette à la main. Puis venaient Marc et son porteur de fusil. Et derrière, Reilly, suivi lui-même de son porteur.
— Ne le laisse jamais s'éloigner, conseilla Marc, parce que tout peut aller très vite, et tu auras besoin de ton arme !

Ils avançaient maintenant dans la forêt sur un sentier ouvert par les pieds des éléphants.

Au bout d'une demi-heure les pisteurs de tête s'arrêtèrent et vinrent murmurer à Marc :

— Ils ont été rejoints par deux éléphants qui marchent maintenant avec eux. Mais il n'y a toujours qu'un seul grand.
— Suivez-les, ordonna Marc.

La forêt était très serrée, avec un feuillage vert foncé. La vue était limitée à une dizaine de mètres.

— Les deux éléphants ont quitté le groupe, annoncèrent les pisteurs. Ils ne sont plus que trois. Ils marchent contre le vent et ne peuvent pas nous sentir.

Reilly avait beau regarder le sentier de tous ses yeux, il n'apercevait une trace que de temps en temps, et il était incapable de savoir si d'autres éléphants étaient venus se mêler au groupe ou s'en étaient retirés.

Soudain son regard fut accroché par des taches claires sur le sentier. La couleur de paille lui fit reconnaître des laissées d'éléphant. Marc s'était arrêté, et il avait plongé la main dans le crottin. Il fit signe à Reilly de s'approcher et lui murmura :

— Enfonce ta main. Tu verras que c'est tiède ! Les éléphants ne sont pas loin. (Puis il lui montra sous l'herbe une large marque circulaire.) C'est le grand éléphant, dit-il.

Reilly fit semblant d'avancer la main, mais il répugna à l'enfoncer dans la paille tiède. Par contre il était fasciné par le pied de l'éléphant dans la boue. C'était un cercle presque régulier, avec à l'avant quatre ou cinq traces qui faisaient penser à des ongles. On entendit le craquement d'un arbre dont on arrachait les branches à quelques centaines de mètres.

— Ce sont les éléphants ! Prends ta carabine, parce qu'il faut être prêt à tirer. Marche juste derrière moi, et Albert te suivra. Les autres resteront ici.

Le trio se remit en route, avec un pisteur en tête. Les autres s'accroupirent dans l'herbe et se tinrent silencieux.

Après un quart d'heure, les craquements de branches reprirent, mais cette fois à courte distance. Le pisteur en tête murmura :

— C'est le grand éléphant.

Marc et Reilly continuaient d'avancer. Soudain Marc se retourna vers Reilly et lui chuchota, en pointant la main :

— Regarde, le grand éléphant est devant nous !

Reilly écarquillait les yeux mais ne voyait rien qu'un lacis épais de troncs et de branches.

Albert lui tendit sa carabine sans dire un mot, mais en lui indiquant de la main une tache sombre sur la droite.

Et Reilly vit l'éléphant.

Il fut frappé par sa hauteur. Quatre mètres, évalua-t-il. On pouvait apercevoir le départ blanc de ses pointes. Reilly cherchait vainement à distinguer la fente de l'oreille. Dans ses jumelles il apercevait une longue surface grise, mais pas trace de l'oreille. Et les arbres étaient serrés entre eux.

— Tire-le ! chuchota Marc.

Est-ce ce murmure, est-ce une saute de vent qui déclencha le départ de l'éléphant ?

Reilly gardait sa carabine appuyée à l'épaule.

— Ne tire pas ! recommanda Marc. Tu vas le blesser et il nous chargera. Ta balle risque d'être déviée par une branche !

L'éléphant avait pris une allure plus rapide. Les petits arbres qu'il renversait ne gênaient pas sa marche. Il devenait impossible de le rattraper.

Marc tira l'inévitable conclusion :

— On l'a manqué, mais la forêt était très dense, et j'avais peur que ta balle ne soit déviée par une branche. Mais il y a beaucoup d'autres éléphants ! assura-t-il.

Et ils firent demi-tour.

Les porteurs se relevèrent de l'herbe et parlèrent à haute voix. Il flottait un relent de déception sur la petite troupe.

Chapitre 4

Le rêve chinois

Reilly avait remarqué qu'il rêvait en Afrique bien davantage qu'en France. Ses rêves étaient plus nombreux et se déroulaient en couleurs. Certains revenaient régulièrement et il les attendait. C'était le cas de son rêve chinois.

Celui-ci se situait dans le nord de la Chine, près de la ville de Datong. C'était là que résidait l'empereur Wan Yan, de la dynastie des Song. Il n'y avait pas de palais impérial, mais à la place un grand nombre de tentes aménagées pour les fonctionnaires et les militaires. Au centre se dressait une tente immense, précédée d'un long couloir et d'une antichambre. Son armée avait combattu dans le Nord, au pied de la grande muraille, sous les ordres du maréchal Wangti, une coalition de tribus Hong. Le combat avait été sanglant, mais s'était terminé par la victoire du maréchal Wangti, qui avait mis les tribus Hong en déroute. C'était du moins ce qu'on racontait à l'empereur, mais la réalité était différente : le maréchal Wangti avait été tué, et le reste de son armée s'était replié devant Datong. Les généraux survivants avaient décidé de déposer l'empereur, jugé incapable militairement, mais de lui cacher la nouvelle aussi longtemps qu'ils n'auraient pas trouvé un successeur parmi des Song du Sud.

L'empereur Wan Yan vivait dans sa large tente dont il ne sortait jamais, et les eunuques assuraient son service, en servant ses repas, mais aussi en introduisant le soir la concubine qu'il avait choisie. L'empereur avait six épouses et une vingtaine de concubines. Il se rappelait souvent la cérémonie pendant laquelle il les avait choisies. L'impératrice mère avait fait installer une estrade, décorée de fleurs, devant laquelle allaient se présenter, en une longue file, toutes les jeunes filles vierges de la cour, et aussi celles qu'on avait distinguées dans les provinces pour leur beauté. Le jeune empereur ferait son choix en désignant avec une baguette les cinq ou six qu'il prendrait pour épouses, et la quinzaine qui peuplerait son harem.

Pendant le défilé il avait remarqué une très jeune femme qu'il comptait prendre pour concubine, car sa taille étroite et le mouvement de ses hanches souples, lorsqu'elle marchait, provoquaient chez lui un désir physique. Elle s'appelait Xiao-ling.

L'empereur frappa avec un marteau un vase de bronze. Le grand eunuque, Da Min, ouvrit la portière de tapisserie et entra dans la pièce, où il s'inclina à genoux.

— Va me chercher Xiao-ling, et amène-la ici, ordonna l'empereur. J'ai envie d'elle pour ce soir !

Le grand eunuque se releva et quitta la pièce. Une demi-heure plus tard, il ouvrit la tapisserie et entra accompagné d'une ravissante jeune femme : c'était Xiao-ling.

— Tu peux sortir, dit l'empereur, mais avant de partir commence à la déshabiller. Enlève-lui ses deux premières tuniques.

C'étaient des robes d'une grande beauté, en soie lourde, avec des oiseaux brodés sur la première, et des fleurs sur l'autre.

Da Min quitta la pièce, emportant les deux robes, et Xiao-ling se retrouva seule au pied du lit. C'était un meuble immense, long de six ou sept mètres, à l'extrémité duquel s'entassaient des coussins contre lesquels s'adossait l'empereur.

— Quitte ta chemise et viens vers moi, ordonna-t-il.

Xiao-ling enleva sa chemise de soie blanche. Elle était nue maintenant, et respectait le rite qui voulait qu'elle s'allonge, et se rapproche de l'empereur en rampant sur le ventre, pour mettre en valeur ses hanches et stimuler le désir.

Quand elle fut près de lui, il commença par l'embrasser, et lui caressa les seins. Puis il lui ordonna de se retourner.

Avant de lui obéir, elle murmura d'une voix faible :

— J'ai un secret à te dire.
— Que veux-tu me raconter ? dit l'empereur Wan Yan sur un ton irrité, car il était impatient de la prendre.
— Je veux t'annoncer que tu n'es plus empereur. Les généraux ont décidé de te déposer, et ils te font croire que tu restes empereur jusqu'à l'arrivée de ton successeur, qui est un Song du Sud.
— Tu es folle et conspiratrice, s'exclama Wan Yan en lui administrant un coup de poing en plein

visage, qui fit saigner ses lèvres et sa bouche. Je vais te faire fouetter et torturer. Et maintenant va-t'en !

Il la poussa hors du lit, et elle tenta de s'échapper par la portière, mais le grand eunuque se tenait juste derrière, car il avait l'habitude d'écouter les conversations. Il la saisit par la taille et chercha dans sa manche les menottes de fer qu'il portait toujours sur lui.

Pendant qu'il fouillait, un sifflement aigu fendit l'air. C'était le coup de sabre d'un jeune officier de la garde, qui venait de décapiter Xiao-ling, dont la tête au ravissant visage roulait maintenant sur le sol.

Les tentures de la portière s'étaient ouvertes, et l'empereur en tenue de nuit observait la scène.

— Tu as bien agi ! s'exclama-t-il. C'était une conspiratrice.

Un profond silence, et quelques murmures lui répondirent.

*

C'était généralement le moment où Reilly se réveillait. Il était couvert de sueur, car la nuit était chaude, et peut-être que le rêve chinois, juste achevé, lui communiquait sa tension tragique. Il en existait des variantes, plus heureuses, et plus érotiques, qui faisaient espérer le retour d'un nouveau rêve chinois, mais il contenait toujours la vision de la concubine rampant vers son maître.

Chapitre 5

La promenade dans la savane

La saison des pluies tirait à sa fin. Les gouttelettes cessaient de tomber des arbres, et les ornières avaient perdu leur eau sur les pistes.

La température plus légère permettait à Marc et à Reilly de déjeuner dehors sur une table de bois, qui ressemblait à une table de bridge. Leurs fauteuils étaient rembourrés par des coussins de coton, portant des rayures jaunes et blanches. Pour marquer le changement de saison, Pauline, qui faisait le service, avait revêtu une courte robe de toile blanche.

C'est Marc qui tenait la parole :

— Je vais te conduire dans la savane, dit-il. Cela te changera de la forêt !

— Où est cette savane ? interrogea Reilly.

— Dans le Nord, à soixante kilomètres d'ici, en direction du Soudan. C'est une immense plaine qu'on peut parcourir pendant la saison sèche. Les animaux, y compris les éléphants, viennent y chercher une nourriture facile. On peut les tirer d'assez loin. Tu devrais prendre ta carabine 375 à lunette !

Les verres étaient embués du gin que Marc avait rapporté de Daradou. Il devait en avoir une réserve extraordinaire, pensa Reilly.

— Quand veux-tu que nous partions pour la savane ? lui demanda Marc.

— Est-ce que nous coucherons là-bas ?

— Non, ce serait trop compliqué d'y installer un campement de plus. Nous rentrerons à la nuit. Mais il faut partir très tôt le matin pour avoir plusieurs heures de chasse. Si cela te convient nous pourrions nous y rendre dans trois jours, et le mieux serait que tu viennes coucher à Daradou. Tu peux utiliser Augustin comme chauffeur, mais tu seras privé de la présence de Pauline, ajouta-t-il en se renversant dans son fauteuil.

Pauline qui avait entendu prononcer son nom crut que Marc lui demandait un nouveau verre de gin. Elle vint le servir en s'approchant de lui.

— Elle est ravissante, murmura Marc pendant qu'elle s'éloignait, tu as vraiment de la chance !
— Oui beaucoup de chance, répondit Reilly d'une voix neutre.

Mais il pensait aux recommandations du père Van Eck, qu'il respectait.

Reilly partit le surlendemain soir pour Daradou, piloté par Augustin. Il n'y avait pas de route, mais seulement une piste dans la forêt tracée par le passage des voitures. On n'apercevait le ciel qu'à travers le feuillage des grands arbres. Il commençait à s'assombrir.

Marc avait préparé une tente pour Reilly. Elle n'était meublée que d'un grand lit, avec une couverture de coton à dessins bariolés, une table de toilette avec un broc d'eau en étain, et une sorte d'escabeau de bois où Reilly appuya sa carabine.

Ils dînèrent rapidement près du feu de bois dont les flammes dansaient dans la nuit en faisant craqueler des étincelles, et après avoir absorbé l'indispensable lampée de nuit, ils allèrent dormir d'un court sommeil, chacun dans sa tente.

Marc réveilla Reilly à quatre heures trente, et ils prirent la piste à cinq heures et quart. C'était un cortège assez long de cinq Land Rover qui transportaient les quatorze membres de l'expédition. Marc conduisait en tête, une main sur le volant et l'autre empoignant l'indispensable sandwich au foie d'animal, qu'il absorbait en larges bouchées. Albert, debout derrière, donnait des indications sur la piste.

C'était encore la nuit, la nuit d'un noir homogène, mais une lueur, une lueur filtrée, commençait à dessiner le haut des branches.

Soudain le soleil se leva, au moment même où ils sortaient de la forêt et découvraient la savane. Reilly fut émerveillé. C'était une plaine immense, qui faisait penser à la rotondité de la Terre. Quelques grands arbres étaient éparpillés çà et là, tandis que la lisière de la forêt dessinait une longue muraille presque droite, de couleur vert foncé.

— Voici la savane, annonça Marc. Elle continue jusqu'au Soudan.

Un troupeau d'animaux, alertés par le bruit, galopaient dans la plaine.

— Ne t'en fais pas, déclara Marc, ce sont des élans, mais nous allons trouver des éléphants.

Après une heure de roulement sur une piste en herbe sèche, Marc appuya brusquement la main sur le bras de Reilly.

— Regarde, dit-il. Tu les vois ?

Reilly finit par apercevoir une masse grise, loin devant, qui semblait immobile.

— Il y en a plusieurs, dit Marc. Ils n'ont pas l'air de nous avoir entendus ou sentis. Nous devons être à bon vent. Nous allons finir l'approche à pied !

Ils descendirent de voiture et firent signe à Albert et aux deux pisteurs qui portaient leurs fusils de les accompagner. Ils avaient déjà repéré les éléphants.

Quand ils furent à deux cents mètres environ, Marc chuchota :

— Il y en a trois. Celui qui a les plus belles pointes est à droite. Il se tient de profil. Tu peux le tirer dans l'oreille.

Reilly fit signe au pisteur qui portait son fusil. Il appuya le canon sur son épaule. Le pisteur étendit ses mains sur ses oreilles pour les protéger. Reilly voyait distinctement la fente de l'oreille, sans utiliser ses jumelles. Son cœur battait. Il tira.

La détonation fit vibrer toute la plaine. L'éléphant fit un mouvement en arrière, puis s'écrasa sur le sol.

— Tu l'as eu ! s'exclama Marc.

Puis après quelques instants il reprit :

— Je me suis trompé ! Ce n'était pas le plus grand ! Le meilleur est celui qui est derrière et qui lève la trompe pour mieux sentir ! Dépêche-toi. Tire-le !

Reilly était complètement égaré. Il avait commis un meurtre en tuant le premier éléphant. Et maintenant on lui en proposait un second !

L'éléphant gardait la trompe levée, presque droite, pour chercher son ennemi. Il était maintenant de côté, et Reilly apercevait clairement la fente de son oreille. Son pisteur avait remis une cartouche dans son fusil. L'éléphant s'apprêtait visiblement à partir. Reilly apercevait distinctement dans sa lunette la fente de l'oreille. Il tira.

L'éléphant esquissa un mouvement de rotation brusque, comme s'il cherchait son adversaire. Il se tourna en direction de Reilly, amorça une charge, puis s'effondra. C'était maintenant une grosse tache grise dans l'herbe.

— Bravo ! cria Marc. Tu as fait un doublé. Je n'ai encore jamais vu ça. Rejoins-moi pour que nous allions voir les pointes.

Le troisième éléphant était toujours présent. Il commença à s'éloigner d'une démarche paisible, en arrachant des buissons avec sa trompe, comme s'il ignorait le drame qui venait de se dérouler.

Reilly était écœuré et furieux contre lui-même. Il n'aurait jamais dû tirer le second éléphant. Comme il se rapprochait des animaux, il se sentait prêt à vomir.

— Viens voir, lui cria Marc qui s'était approché du deuxième éléphant, viens voir, il a des pointes qui doivent atteindre quarante-cinq kilos. L'autre n'est pas mal non plus, mais il ne doit pas dépasser quarante kilos.

Reilly fit lentement le tour des animaux. Il regardait leurs pattes, leurs immenses estomacs remplis d'herbes. Il ne voulait pas voir leurs yeux, ces yeux immobiles dans leur fente étroite, qui le regarderaient avec reproche.

Les deux éléphants étaient maintenant deux gros monticules dans les herbes. Les pisteurs avaient rejoint Reilly et lui tendaient la main pour le féliciter, et aussi le remercier, car ils viendraient au lever du jour ouvrir les animaux pour s'approvisionner en protéines, qui leur faisaient cruellement défaut.

Reilly ne bougeait pas. Marc fit le tour des éléphants pour le rejoindre.

— Il faut maintenant s'occuper des pointes, dit-il, car elles sont belles, et même très belles pour le plus grand.

Puis il prit un ton professoral, comme pour s'adresser à un ignorant :

— Il y a deux manières de récupérer les pointes, dit-il. L'une consiste à attendre que l'éléphant se décompose, ce qui prend environ une semaine, et il devient facile de détacher les pointes sans les abîmer. Le seul inconvénient est que cette décomposition produit une odeur épouvantable dans un rayon de plusieurs centaines de mètres, ce qui rend presque impossible de s'en approcher. Les pisteurs africains se protègent le visage avec du feuillage, cela leur permet d'avancer jusqu'à l'animal.

« L'autre méthode, c'est de se servir de hachettes pour détacher les pointes de leur environnement osseux, sans les abîmer. Cela doit être fait habilement, et prend du temps, mais on peut emporter les pointes. C'est ce que nous allons faire. Il faudra deux ou trois heures.

« Assieds-toi, nous allons casser la croûte. J'ai apporté de la bière !

Les pisteurs se mirent au travail, en deux groupes. On entendait les coups de hache.

Au bout de deux heures et demie, Albert vint faire son rapport. Les quatre pointes étaient détachées et alignées dans l'herbe. Elles étaient effectivement superbes !

— Nous avons aussi récupéré les foies, signala Albert.

Et le cortège se mit en route, en file indienne. Marc et Reilly marchaient devant, suivis par leurs porteurs de fusils. Puis venaient quatre pisteurs avec chacun une pointe sur l'épaule. Ils les portaient avec une certaine aisance, ce qui émerveillait Reilly qui n'avait même pas réussi à en soulever une seule, tant elle était lisse et glissante comme un savon de Marseille.

Puis venaient les six derniers, qui portaient la logistique de l'opération.

La température était élevée : plus de trente-neuf degrés au soleil, et pas un arbre pour donner de l'ombre.

Les pisteurs étaient vêtus d'une sorte d'uniforme de coton vert, sans doute fourni par Marc, composé de chemises à manches courtes, et de pantalons tombant sur leurs sandales.

Le troisième éléphant ne bougeait pas. Il restait immobile à quelques centaines de mètres, levant seulement la trompe pour flairer le danger.

— Tu aurais pu le tirer aussi ! murmura Marc.

Reilly, qui gardait le remords de son doublé, ne répondit rien.

Il regardait l'immense savane dans laquelle ils avançaient. Pas un village, pas une hutte mais une immense coupole de ciel.

Les porteurs s'arrêtèrent pour une halte et allongèrent soigneusement les pointes sur le sol. Reilly s'assit sur une borne de terre sèche. Marc prenait des photos. Un quart d'heure se passa, et les pisteurs redressèrent les pointes pour les placer sur leurs épaules. Enfin on aperçut les voitures, et chacun regagna sa place.

La lumière commençait à baisser sur l'immense savane, et Reilly aperçut au loin une falaise sombre : c'était la forêt.

Ils roulèrent entre les arbres, pendant que le crépuscule grisaillait dans le ciel. Ils arrivèrent enfin à Daradou. Marc sauta de son siège et fit de grands gestes de bras. Les hommes chargés d'entretenir le camp se précipitèrent sur les voitures et aperçurent les pointes blanches. Ils se mirent à chanter, rejoints aussitôt par les pisteurs de l'expédition. C'était une mélopée joyeuse et rythmée, en langue Zandé, qu'ils accompagnaient d'une ondulation du corps. Reilly était bouleversé par le chant, qui exerçait sur lui une forme d'envoûtement : il avait atteint le but de son voyage.

Les pisteurs pesaient les pointes sur une espèce de bascule accrochée à une branche.

— Quarante-cinq et quarante-huit kilos, annonça Albert d'une voix à demi couverte par les chants.

— Exceptionnel ! déclara Marc, tapant sur l'épaule de Reilly.

Il tenait à la main une feuille de papier.

— C'est un message que m'a fait porter le père Van Eck. Il nous invite à participer à la célébration de Pâques dans son église de Derbisaka, où il fera sonner la cloche que je lui ai apportée. Cette invitation s'adresse à nous deux. Nous ne pouvons pas refuser !

— Non ! répondit Reilly. Nous ne pouvons pas !

Chapitre 6

La cérémonie de Pâques à Derbisaka

L'Afrique est le continent de la fête ! Cette fête efface toutes les différences, et elle prend très vite la forme de danses, et de chants rythmés par toutes sortes de tambourins. Chez les Zandés et les Bandias, seuls les esclaves sont tenus à l'écart de la fête. Ce sont généralement des femmes, capturées lors des rivalités de village.

Pauline avait beaucoup insisté auprès de Reilly pour venir prendre part à la cérémonie. Dans la partie du trajet qui menait du *lodge* jusqu'à Daradou, Reilly avait pris le volant et installé Pauline à l'arrière de la voiture. Le ciel était léger, et Reilly goûtait l'exquis bien-être de ce voyage, qu'il aurait aimé prolonger.

Arrivé à Daradou, Reilly était monté dans la voiture de Marc, à côté de lui. Et sur la banquette arrière étaient assis Pauline, Augustin et Albert.

Marc fit une entrée triomphale au volant de sa Land Rover.

La rue principale de Derbisaka n'était rien d'autre que le passage dans la bourgade de la piste Sud-Nord. Elle était bordée d'un alignement de huttes de paille tressée, toutes presque semblables. Celles-ci comportaient un auvent, fermé sur trois côtés mais ouvert sur la rue. On pouvait y apercevoir, assises sur des trépieds, les personnes âgées, à qui leurs infirmités interdisaient de participer à la fête.

Et derrière la voiture qui avait ralenti couraient les enfants. Au début cinq ou six, puis au fur et à mesure du trajet leur nombre avait augmenté jusqu'à une centaine. Bizarrement ce cortège réveillait de nouveau dans la mémoire de Reilly le souvenir d'un poème de Guillaume Apollinaire décrivant le passage d'une petite troupe de cirque.

En se rapprochant de la place de l'église, le public se densifiait. Reilly aperçut dans la foule le visage blême du sorcier, et devant lui, à la porte de l'église, le père Van Eck. Il avait revêtu l'uniforme traditionnel des missionnaires en Afrique : une longue soutane blanche, avec un cordon serré à la taille, et des sandales pour ses pieds nus. Il portait sur la poitrine une croix de bois, retenue par une chaînette.

Lorsqu'il vit la voiture, il leva les bras pour lui faire signe d'avancer.

L'église était revêtue d'une chaux dont la blancheur éclatait au soleil, et l'on apercevait sur le petit clocher le cadeau que Marc avait fait installer.

L'entrée se faisait par une porte ouverte au milieu du bâtiment. Le père Van Eck conduisit Marc et Reilly vers un rang de chaises placées devant l'autel. En regardant autour d'eux ils observaient que le public était exclusivement composé de femmes coiffées d'un turban habilement noué dans des tissus de coton aux couleurs bariolées et assises par terre, tenant auprès d'elles des sacs de paille qui contenaient un poulet ou quelques fruits.

— Ce sont des cadeaux qu'elles destinent à l'église, expliqua le père.
— Mais cela représente pour elles une grosse dépense ! nota Reilly.

— Pas tellement, répliqua le père, car elles les récupéreront à la sortie !

La liturgie avait commencé. Les prières étaient dites en français et en latin, que ne comprenait pas l'auditoire, mais le père Van Eck prononça le sermon en langue Bandia. Ce sermon était relayé par un haut-parleur sur la place où les hommes étaient regroupés.

Quand vint le moment de la communion, Marc et Reilly eurent la surprise de voir les femmes se lever et avancer en dansant. C'était une danse simple, une sorte de marche à trois temps, que rythmait maintenant le tintement de la cloche, dont Augustin maniait le cordeau.

Marc et Reilly regardaient cette petite foule avancer. Marc saisit le coude de Reilly, et lui murmura :

— C'est notre tour maintenant !

Ils reçurent tous les deux une hostie de la main du père. En les goûtant, ils se souvenaient de la fête de Pâques durant leur enfance en France. Ils étaient alors intimidés par ce qu'on leur disait être la présence de Dieu. Aujourd'hui ils ne l'étaient plus, mais d'une autre manière ils étaient émus par le déroulement frais et naïf de la cérémonie : c'était Pâques en Afrique !

La sortie de l'église se fit dans un désordre joyeux, où les femmes s'interpellaient, sans doute pour tenter de retrouver leurs cadeaux. Les hommes restaient regroupés sur la place. Certains avaient le torse nu. D'autres portaient des chemisettes. Les chefs de clan Bandias étaient élégants dans leur longue tenue blanche, coupée par une large ceinture.

Reilly aperçut le sorcier à l'arrière du rassemblement. Augustin lui avait raconté qu'un incident s'était produit : le sorcier avait condamné un jeune homme d'une vingtaine d'années qui avait été surpris en train de dérober des bouteilles dans un « fétiche ».

— Condamné à quoi ? avait interrogé Reilly.

— On ne le dit pas, avait répondu Augustin, mais plus personne ne va accepter de lui parler. Il ne recevra plus aucune nourriture, et sera traité comme un pestiféré. Et dans quelques mois il sera mort. Suicidé sans doute…

Ce récit avait indigné Reilly. Il était décidé à interrompre cette procédure. Pour cela il fallait humilier publiquement le sorcier !

— Va me chercher un fauteuil, demanda Reilly à Augustin. Tu peux le prendre dans l'église, et apporte-le au pied d'un arbre. Je vais m'y asseoir, en gardant Marc à côté de moi.

Reilly, dans une rapide pensée, se souvint des moments où il siégeait ainsi à la présidence du Sénat. Il espérait que cette mise en scène suffirait à détruire l'autorité du sorcier, qui devrait se tenir debout devant lui.

— Préviens les hommes de la ville qu'il va y avoir un jugement, pour qu'ils se rassemblent devant moi, et va chercher le sorcier et sa victime, que tu amèneras ici. Préviens aussi le chef du village que je vais prononcer une sentence.

Augustin partit en galopant, et en clamant son invitation à venir en langue Bandia. Peu à peu une troupe de spectateurs se rassembla devant Reilly et Marc. C'étaient exclusivement des hommes. Ils restaient silencieux.

Du fond nord de la place, au débouché de la route de Daradou, Augustin ramena le sorcier et le « coupable ». Le sorcier s'avança vers Reilly à la recherche d'un siège. Il n'en vit pas et dut se tenir debout. Il était de taille moyenne, et son visage avait la couleur du plâtre, avec des yeux gris. Au total, répugnant à regarder.

Les hommes s'étaient écartés pour lui laisser un passage. Il était accompagné de deux interprètes, car ni lui ni la victime ne paraissaient comprendre la langue Bandia, et s'exprimaient sans doute en Dia-Solo, utilisé dans les villages de la forêt.

— Tu as condamné cet homme pour un petit larcin, déclara Reilly, et tu lui as appliqué une peine trop sévère.

Les interprètes paraissaient s'embrouiller dans leurs traductions.

— Ce n'est pas une peine trop sévère, répliqua le sorcier. Il a commis un vol dans un fétiche. Pour nous, c'est un lieu consacré aux divinités Zandés. Personne n'a le droit d'y toucher.

Le public restait silencieux, suivant attentivement le débat pour savoir qui serait vainqueur.

Reilly observa l'auditoire devant lui. Il n'avait pas le choix. Il devait gagner.

— Je réduis la peine, déclara-t-il, à une semaine de corvées. Le coupable devra travailler à nettoyer le voisinage des fétiches que tu lui indiqueras, sans jamais chercher à y pénétrer.

Il s'arrêta et reprit son souffle. Le sorcier restait immobile et lui jetait un regard haineux, gardant les yeux fixes, sans cligner les paupières.

— Vous pouvez partir, annonça Reilly.

La foule restait silencieuse, partageant un sentiment de crainte et de respect de l'autorité. Elle commença à s'écarter pour ouvrir un chemin.

Le sorcier ne bougeait pas, se tenant debout devant Reilly. Quant au « coupable », il faisait une sorte de génuflexion, accompagnée d'un murmure, sans doute pour exprimer sa reconnaissance. Puis ils se retournèrent tous les deux et commencèrent à s'éloigner, le sorcier marchant devant, et les deux interprètes Bandias fermant le cortège.

Le père Van Eck, qui avait suivi la scène de loin, se rapprocha de Reilly.

— Vous avez bien fait, lui dit-il. C'est conforme à l'esprit de Pâques!

La cloche sonnait toujours.

— Mais il faudra veiller à l'application de cette décision, car le sorcier voudra se venger de son humiliation!
— Je vais demander à Albert de suivre la situation, répondit Reilly.

Puis, en se tournant vers Marc resté silencieux, sans doute par scepticisme:

— Et maintenant on s'en va!

Ils montèrent dans la Land Rover, et repartirent.

Chapitre 7

Regrets et remords

La piste sur laquelle roulait la voiture paraissait plus lisse et, bien que la nuit tombât, on pouvait discerner, en cherchant bien, de petits nuages blancs au-dessus de la cime des arbres. Tous les passagers de la Land Rover se tenaient silencieux, y compris Marc, qui conduisait de la main gauche.

Pris dans ce silence, Reilly se mit à rêver. La célébration de la messe de Pâques, le simulacre de communion, le regard globuleux du sorcier, avaient fait monter en lui une quantité de pensées et de souvenirs qu'il croyait avoir oubliés.

Des remords, d'abord. Ils concernaient son épouse. Il se reprochait de l'avoir négligée, puis oubliée. C'était un amour d'enfance. Il l'avait connue à Mareuil-les-Coteaux, dans l'école libre qu'ils fréquentaient tous les deux avec deux classes d'écart. C'était une ravissante petite fille, avec une chevelure blonde dont les boucles s'arrêtaient aux épaules. Ils jouaient dans la cour avec des raquettes et des volants. Un jour elle lui avait murmuré : « Quand nous serons grands, nous nous marierons. » Puis il l'avait oubliée.

Douze ans plus tard, il avait rencontré une superbe jeune fille, avec des chaussures de sport, qui se rendait à la salle de gymnastique de la faculté de droit de Poitiers, où il était maintenant étudiant.

— Tu ne me reconnais pas ! s'était-elle exclamée. Je suis Sylviane, ton amie d'enfance, que tu devais épouser !

Oui, c'est bien elle, avait pensé Reilly. Ils suivirent des cours ensemble dans l'amphithéâtre de la faculté. Ils commencèrent à s'embrasser, légèrement d'abord, puis passionnément, car Reilly cherchait à goûter la langue de Sylviane.

Un an plus tard, on célébrait leur mariage dans une église de Loudun. La cérémonie avait été difficile à organiser, car il fallait surmonter des différences. La famille boulangère de Reilly était d'un milieu populaire, alors que celle de Sylviane appartenait à la petite noblesse poitevine, pleine de préjugés.

Tout avait fini par s'arranger.

— Regarde dans les phares ! s'exclama Marc. C'est un animal très rare, une sorte de fourmilier qu'on ne rencontre que la nuit.

Reilly aperçut en effet un animal bizarre, ébloui par les phares. Il avait un haut dos rond, de couleur grise, et une petite tête, avec une langue qui semblait lécher le sol. Au bruit de la voiture il courut se cacher dans la brousse.

— Tu n'en verras sans doute pas d'autres ! s'exclama Marc.

Reilly replongea dans sa rêverie. Il s'était d'abord bien occupé de Sylviane. Il organisait des voyages pour leurs vacances à Séville, ou à Venise. Il avait acheté une grande maison au voisinage de Mareuil-les-Coteaux qu'elle s'amusait à décorer avec un goût classique. « Plutôt le XIXe siècle que le XVIIIe, disait-elle, car les bons sièges Louis XV coûtent trop cher. »

Au bout de deux ans, elle attendit un enfant. Ce fut un garçon, qu'elle appela Emmanuel, en référence à l'Évangile. Reilly n'émit pas de protestation.

En recherchant dans ses souvenirs, il constata que c'était pratiquement elle seule qui s'était occupée de son éducation. Son rôle à lui se limitait au choix des écoles, et le dimanche matin à l'initiation à quelques sports, le basket et le tennis.

— Tu dors ? interrogea Marc en se tournant vers lui.
— Pas tout à fait, répondit Reilly, je retrouve des souvenirs.
— Fais attention, commenta Marc, c'est dangereux !

Oui. C'était dangereux. Reilly eut conscience qu'il avait négligé Sylviane. Il ne l'avait pas abandonnée, mais s'occupait moins d'elle. Elle menait sa vie dans le Poitou, et venait à Paris, dans l'appartement de la rue de Vaugirard, pour visiter quelques expositions et s'occuper d'une fondation pour enfants autistes. Elle était toujours aussi belle, mais l'intérêt de Reilly était ailleurs. Il ne s'agissait pas d'aventures, mais de sa participation aux jeux politiques, à l'extrémité desquels il apercevait l'entrée au gouvernement, puis la présidence du Sénat.

C'est alors que la foudre frappa : Sylviane était atteinte d'un cancer généralisé, qui l'emporta en quelques jours. Reilly eut juste le temps d'arriver à Mareuil-les-Coteaux pour ses obsèques.

Six ans plus tard Emmanuel entrait à l'École polytechnique, et l'année suivante Reilly était élu à la présidence du Sénat.

Marc lui saisit le bras :

— Réveille-toi, on va s'arrêter pour casser la croûte.

Reilly ouvrit les yeux et constata que la forêt était maintenant d'un noir d'encre. La Land Rover roulait lentement, à la recherche d'un embranchement où elle pourrait s'arrêter. Les trois voyageurs de l'arrière, Augustin, Albert et Pauline, étaient occupés à ouvrir des caissons de paille qui devaient contenir la nourriture et les boissons.

Albert avait extrait de la voiture un saucisson et de la bière, qui faisaient partie des provisions de Marc.

Reilly eut conscience de l'étrangeté de cette situation. Que faisait-il dans cette forêt, à plusieurs milliers de kilomètres de Paris ? La nuit était maintenant si épaisse qu'on aurait pu la déchirer comme un rideau de théâtre, et la forêt était parcourue d'innombrables bruits d'animaux, des courses, des grognements, des brindilles écrasées, des sons qui exprimaient une autre vie que la sienne, et qu'il ne pourrait jamais décoder.

Remonté dans la Land Rover, dont Marc faisait tourner le moteur, il reprit sa rêverie. Ce n'étaient plus cette fois des remords, mais des regrets.

Ces regrets, il les éprouvait chaque matin, et c'était un moment délicieux à vivre. Il dormait profondément dans son vaste lit, et se réveillait à sept heures trente, après le lever du jour. Il attendait trois quarts d'heure, jusqu'à ce que Pauline lui apporte son café du matin et la brioche réchauffée au camp, et pendant cet intermède il goûtait ses regrets. Ce n'est pas lui qui les choisissait. Ils venaient à lui comme un léger cortège.

*

Les plus fréquents étaient les paysages, surtout les paysages poitevins. Il parcourait la route qui reliait Mareuil-les-Coteaux à Poitiers. Il connaissait chacun des virages et des embranchements. Le décor changeait avec les saisons. Il était tantôt aride et desséché, tantôt verdoyant, avec des fleurs sauvages à longue tige, pleines de rosée, et l'été s'avançait, lumineux et tiède, obligeant à baisser les vitres de la portière.

Un autre matin, il se souvenait d'un parcours qu'il avait fait depuis le Midi, avec Sylviane et Emmanuel, âgé alors de six ans. Ils avaient loué une maison à Bandol, dans la hauteur, près du fort, d'où ils descendaient tous les jours sur la plage pour faire barboter Emmanuel et lui apprendre à nager. Sylviane était superbe dans son costume de bain d'une seule pièce, et les hommes qu'elle croisait se retournaient, dans l'espoir de détailler sa silhouette.

Le trajet de retour avait été somptueux : la traversée du parc des Cévennes, puis la vallée du Lot. Reilly s'était juré de revenir.

★

Parmi ces agréables regrets figuraient quelques voyages à l'étranger. Pas très nombreux. Une conférence pour des étudiants l'avait conduit à Weimar, en Thuringe. Il avait séjourné pendant deux jours dans un hôtel au nom mystérieux et prédestiné : l'hôtel de l'Éléphant. Il avait visité les deux maisons de Goethe, la maison de ville, et celle de la campagne, où il avait admiré l'objet inventif créé par Goethe lui-même pour représenter l'amour – une sphère parfaite en équilibre fragile –, et acheté une copie de la pierre d'entrée où Goethe avait fait graver « Salve ».

Qu'est-elle devenue ? pensa Reilly. Il l'avait laissée dans l'appartement de la rue de Vaugirard.

⋆

Le regret le plus vif, celui qui emplissait le réveil de sept heures trente jusqu'à huit heures quinze, était le souvenir de la pêche aux gros poissons au large de Dakar. Le bateau tirait une ligne métallique avec un poisson pour appât. Lorsque le gros poisson mordait, il fallait tirer la ligne pour l'amener dans le bateau. Il tentait de s'échapper en faisant des sauts spectaculaires, et quand il commençait à se fatiguer, on le saisissait avec un harpon. Reilly se souvenait indéfiniment du bruit, du claquement que faisait cette masse humide lorsqu'elle s'étalait sur la planche du bateau.

À l'extérieur, on apercevait la structure intacte de l'île de Gorée, telle que l'ont connue des milliers d'esclaves, et au-delà, la longue langue de terre et de falaises que constitue la ville de Dakar.

⋆

À travers la colonnade de troncs on aperçut le scintillement des lampes que les pisteurs avaient allumées à l'ouverture des tentes. On était arrivé à Daradou.

Marc arrêta la voiture devant la tente aux pans relevés, qui servait pour les repas et les boissons du soir.

— Ouf ! s'exclama Marc. Quelle longue journée ! Je t'ai vu jouer le rôle d'un prêtre et d'un juge ! Cela fait beaucoup pour un seul homme. Viens te réconforter avec un verre de gin !

Reilly et les pisteurs étaient descendus de la voiture. Pauline se tenait debout devant la banquette arrière, et s'apprêtait à sauter pardessus l'accoudoir. Reilly se rapprocha et lui saisit la main.

— Viens, lui dit-il, tu n'as qu'à enjamber le bord de l'auto.

Pauline fit un bond souple, et se retrouva à terre.

— Bravo ! s'exclama Reilly.

Elle s'échappa en riant et entra dans sa tente.

Marc était déjà assis, et remplissait deux verres de gin posés sur la table.

— Que veux-tu faire les jours prochains ? demanda-t-il. Veux-tu revenir dans le Nord pour chasser l'éléphant ?

Reilly gardait encore le souvenir de ces deux lourdes masses grises couchées dans les hautes herbes.

— Non ! répondit-il sur un ton irrité. Mon doublé me suffit !

— Mais il n'y a rien d'autre à faire, dans ce bled perdu. Si tu veux tu pourras tirer un élan pour fournir de la viande aux pisteurs. Ils adorent ça !

— Il y a des élans dans cette forêt ? Nous n'en avons vu aucun.

— Oui, il y en a ! Ce ne sont pas des élans géants, comme les élans de Derby. Si on voulait en trouver il faudrait aller plus à l'ouest, loin d'ici.

— Comment les chasse-t-on ? interrogea Reilly.

— Surtout à la rencontre, en faisant des kilomètres sur les pistes ! Parfois on trouve des traces, des pieds, que les pisteurs sont capables de suivre. Je viendrai te chercher après-demain, et j'espère que la chance te sourira !

Chapitre 8

Le grand éléphant

Marc vint, comme convenu, chercher Reilly dans son *lodge*, deux jours plus tard. Ils rangèrent leurs armes dans la Land Rover, pendant que les pisteurs déposaient un panier rempli de boissons, de pain et de fromages, dont on sentait l'odeur. Pour les accompagner ils se contentèrent de quatre pisteurs, Albert, Augustin, et deux Zandés dont on affirmait qu'ils étaient incomparables pour suivre une piste d'élan.

Ils roulèrent toute la journée sans rien apercevoir, et ils revinrent dormir à Daradou.

Le lendemain, expériences comparables, sauf qu'ils aperçurent vers trois heures de l'après-midi des élans qui traversaient la piste loin devant eux.

— Prépare-toi ! recommanda Marc.

Reilly coinça sa carabine entre ses genoux et observa les animaux à la jumelle.

— Il me semble que ce sont des femelles, dit-il.

— Oui, ce sont des femelles, répondit Marc. Les mâles ne circulent pas en groupe !

— Je ne tire pas les femelles !

— Qu'est-ce qui te prend ? C'est de la viande pour le camp. Nous en manquons, et il n'y a pas de différence entre les mâles et les femelles, sauf que la viande des jeunes femelles est souvent plus tendre !

— Je ne tire pas les femelles, répéta Reilly.

— Alors reste dans la voiture, répliqua Marc. Je vais les suivre avec les pisteurs.

Marc mit pied à terre et fit signe aux pisteurs. Albert et les deux Zandés dégringolèrent de leur siège. Marc confia sa carabine 300, celle qui convenait pour le tir de l'élan, à Albert qui la porta sur son épaule, le canon tourné vers le sol ; et ils partirent en file indienne. Reilly les observait à la jumelle. Lorsqu'ils arrivèrent à l'endroit où on avait aperçu les animaux, ils tournèrent pour entrer dans le sous-bois. Puis Reilly attendit.

Après trois quarts d'heure, il entendit dans la forêt un tir de carabine, suivi d'un autre une dizaine de secondes plus tard. Marc a dû blesser l'élan, puis l'achever, pensa Reilly. Ils vont le rapporter en revenant sur leurs traces. Nous allons les rejoindre.

Reilly mit la Land Rover en marche et avança jusqu'à l'endroit où il avait vu Marc et ses pisteurs entrer dans la brousse. Il regarda le sol. Bizarrement on y voyait une flaque. Était-ce l'urine des élans, ou celle des pisteurs ? Au-dessus, là où était entré Marc, c'était un mur compact de végétation : des branches brunes et vertes, tordues sur elles-mêmes, des buissons épineux, et tout un fouillis végétal partant du sol et grimpant vers les troncs des grands arbres, et comportant ici ou là des fleurs bleues ou mauves. Impossible de trouver l'entrée par laquelle s'était introduit Marc.

Il n'y avait qu'à attendre une demi-heure, puis trois quarts d'heure. C'est le bruit qui les avertit, le froissement des branches, accompagné par un murmure de voix qu'égratignait le feuillage.

Le pisteur Albert sortit le premier, se frayant un dernier passage parmi les ronces. Il portait la carabine de Marc, qui le suivait, accompagné des deux derniers pisteurs, qui portaient un gros animal, les pattes attachées à un morceau de bois et la tête traînant près du sol.

— C'est une femelle, s'excusa Marc. J'ai commencé par la blesser en la tirant trop en arrière, et j'ai fini par l'achever.
« Mettez la bête dans l'auto. Cela fera une excellente viande pour le camp.

Des gouttelettes de sang continuaient à jaillir, en faisant un léger gargouillement, là où la première balle avait ouvert la plaie.

Reilly se jura de ne pas toucher à cette viande encore tiède, qui était parcourue de ses derniers frémissements.

— On rentre ! dit Marc. Demain nous ferons une autre tentative en prenant la longue piste qui mène au Soudan. Il y a juste un village, pompeusement baptisé Khartoum, qui a un seul habitant, d'ailleurs très âgé. Je ne sais pas comment il survit !

Ils refirent le trajet en sens inverse jusqu'à Daradou. La nuit commençait à tomber, plutôt une obscurité scintillante, composée des lueurs piquantes des étoiles, qui traversaient le haut des arbres.

★

Le lendemain ils allèrent chercher la longue piste qui remontait vers le Soudan. C'était un spectacle étonnant : cette piste était droite. Elle ressemblait à une allée percée dans la forêt et était bordée d'une végétation basse ressemblant vaguement à un gazon, qui rejoignait le pied des grands arbres.

Reilly était stupéfait. La route, toute droite, paraissait avoir été dessinée par la main humaine.

— Qu'est-ce que c'est que cet itinéraire ? demanda-t-il à Marc. On dirait une route forestière.
— C'est sans doute le cas. Elle a dû être tracée par la fameuse mission Marchand en route vers Fachoda. Il paraît que l'expédition était accompagnée d'énormes barques, pour franchir les rivières, qui étaient portées à dos d'homme, il y a plus de cent ans de cela, et la piste qu'ils avaient ouverte est devenue une sorte d'allée.

Un coup de frein brusque interrompit cette explication.

— Regarde, chuchota Marc, et ne fais pas de bruit. C'est un éléphant exceptionnel !

En effet, à quelque cinq cents mètres, on pouvait apercevoir un spectacle extraordinaire.

La piste s'élargissait pour former une grande clairière. Le dessin du paysage rappela à Reilly les carrefours qu'il avait aperçus autrefois lorsqu'il traversait la forêt de Rambouillet, sinon qu'il n'y avait pas d'allée qui débouchait sur le côté. La large piste se poursuivait tout droit.

Au milieu de l'espace élargi s'élevait une sorte de monticule, fait d'un bouquet de petits arbres et de ronces. C'est là qu'on apercevait l'éléphant. Il paraissait tranquille, balançant lentement sa trompe pour cueillir du feuillage. Des deux côtés de ses épaules, on distinguait les taches blanches que formait le départ des défenses.

Marc observait l'éléphant à la jumelle. Le moteur de la voiture était arrêté.

— Il est exceptionnel, chuchota Marc. Tu n'en verras jamais avec des pointes plus longues ! Il faut le tirer.
— Il est encore loin ! murmura Reilly. Il faudrait se rapprocher.

— Tu vas le faire à pied, car nous avons une chance inouïe. Le vent souffle exactement dans notre direction, et à cette heure-ci il est stable. L'éléphant ne peut ni nous sentir ni nous entendre. Il ne lui reste que la vue, qu'il a faible. Pour te rapprocher, marche lentement le long des arbres, et quand tu seras à moins de deux cents mètres, et que tu pourras voir la fente de l'oreille, appuie ta carabine sur l'épaule d'Albert, et tire !

Albert était déjà descendu de la voiture et insérait des cartouches, trois ou quatre, dans le chargeur de la carabine.

Et ils partirent.

Reilly marchait lentement, comme sur la pointe des pieds. Il était angoissé que l'éléphant ne les aperçoive, et fasse brusquement demi-tour. Ils continuèrent d'avancer et se cachèrent derrière un buisson où ils restèrent immobiles.

De là où ils étaient arrivés, ils pouvaient voir nettement l'éléphant. Reilly prit les petites jumelles suspendues à son cou et fit un mouvement lent des bras. Il aperçut clairement l'oreille de l'éléphant, et la sorte de cicatrice sombre qui donne accès au cerveau. Il fit un signe à Albert, qui lui tendit sa carabine et se retourna en se bouchant les oreilles pour que Reilly puisse appuyer son arme sur son épaule. Et celui-ci tira.

Le coup de carabine fit un bruit fracassant, Albert interpella Reilly en hurlant :

— Tu l'as eu ! Tu l'as eu ! Il est mort !

Reilly observait l'éléphant à travers la mince clôture végétale. Il le vit faire un mouvement en arrière, comme s'il cherchait à s'asseoir, aussitôt suivi d'une lourde chute, ses quatre pattes écartées. Et il ne bougeait plus.

Marc avait mis la Land Rover en marche, et il arrivait le long de la piste.

— Bravo ! cria-t-il. C'est un coup formidable !

Il sauta hors de la voiture et proposa à Reilly d'aller voir l'éléphant avec lui.

Celui-ci était immobile, les yeux encore ouverts.

En se rapprochant, ils observèrent les deux pointes dans un ivoire parfaitement blanc, sans taches ni rayures.

— C'est un magnifique animal, observa Marc, avec ses pointes intactes. Elles doivent faire soixante-trois ou soixante-quatre kilos, c'est-à-dire au-delà de la limite que les Britanniques ont fixée pour les éléphants exceptionnels. Nous les pèserons avec plus de précision au camp !

Reilly regardait la masse inerte. Il se sentait envahi par un sentiment ambigu de fierté et de remords. De fierté, à cause du coup de carabine où son doigt n'avait pas tremblé sur la détente. Et de remords, en regardant cette lourde masse immobile, à laquelle il avait retiré la vie. Encore une fois, il se sentit pris de nausée.

Marc faisait le tour de l'éléphant, appuyant la main sur sa peau rugueuse.

— Tu ne pouvais pas trouver mieux, dit-il à Reilly. J'ai suivi ton approche à la jumelle, et tu as eu la chance qu'il n'y ait pas de saute de vent ! Il va falloir s'occuper de ses pointes, si tu veux les garder pour toi. Elles semblent être dans un état parfait.

— Oui, je veux les garder pour le *lodge*.

— Les Zandés sont parfaits pour les préparer ! Aujourd'hui nous allons les laisser ici, et Albert les gardera.

— Tu ne veux pas les faire découper ? interrogea Reilly.

— Non ! Elles sont trop belles pour risquer un coup de couteau ou de hache. Il vaut mieux attendre que la viande se décompose, et elles seront faciles à retirer. Cela prendra cinq ou six jours, et nous reviendrons les chercher.

Le soir tombait. Marc et Reilly s'installèrent dans la voiture. Après avoir donné quelques provisions et des instructions à Albert, ils reprirent la piste en sens inverse.

Reilly n'arrivait pas à se défaire de son impression de honte et de dégoût. Quel sens y avait-il à avoir ôté la vie à cet animal grandiose, le roi de la forêt ? Il ne goûterait pas à sa viande, et il ressentait l'odeur humide de sa peau. Il aurait été préférable de rater son coup de carabine, et maintenant l'éléphant marcherait lentement, paisiblement, dans la forêt, faisant craquer les branchettes les plus prometteuses.

Reilly avait glissé dans un sommeil que le remords et les cahots des sillons de la piste rendaient inconfortable.

⋆

Cinq jours plus tard, Marc revint chercher Reilly, et ils roulèrent sur la piste du Nord.

En arrivant à un demi-kilomètre de l'éléphant, ils aperçurent un spectacle étrange : la carcasse était éventrée et était devenue une sorte de fourmilière de laquelle sortaient des pisteurs noirs portant des morceaux de viande. Au milieu d'eux on pouvait reconnaître Albert, tenant à la main une sorte de hache, et campé à l'intérieur de l'éléphant, d'où jaillissait son buste.

Marc avait arrêté le moteur.

— Nous allons finir l'approche à pied.

— Qu'est-ce que c'est que tout ce monde ? interrogea Reilly. D'où sortent-ils dans cette forêt déserte ?

— Tu crois que la forêt est déserte, pourtant elle est pleine de petits villages. Les habitants sont exclusivement chasseurs, mais ils ont du mal à se nourrir. Ils manquent terriblement de protéines. Quelqu'un a dû entendre ton coup de feu, et la rumeur a dû se répandre qu'un éléphant avait été abattu.

— Comment circulent les nouvelles ?

— C'est un mystère pour moi ! Ils sont arrivés de divers recoins de la forêt, et maintenant ils font leur marché. Nous allons nous approcher à pied, mais méfie-toi de l'odeur !

Reilly sentait déjà une odeur pestilentielle, une odeur à faire vomir.

— Je ne peux pas me rapprocher, dit-il, cette pourriture est insupportable.
— Trempe ton mouchoir dans l'eau, et respire au travers, conseilla Marc. C'est toujours la même odeur, et c'est la raison pour laquelle il ne faut jamais s'approcher d'un éléphant abattu depuis plusieurs jours ! Protège-toi, et viens.

La peau de l'éléphant était restée intacte, mais les entrailles étaient déchirées. En s'approchant on assistait à un étrange ballet, où les Africains entraient et sortaient de l'éléphant avec les bras chargés.

Albert paraissait diriger la manœuvre, et frappait des coups avec sa hache. Il avait dû faire un faux mouvement, car il avait ouvert une longue blessure sur sa jambe gauche, d'où coulait un filet de sang.

Il appela Marc.

— Nous avons presque fini, lui dit-il. Demain tout sera parti. Et nous avons déjà réussi à détacher les pointes. Elles sont intactes et tu peux les examiner, je les ai appuyées contre un arbre.

Elles étaient en effet superbes, mais Reilly ne prit pas la peine de les regarder. La puanteur avait envahi sa gorge, et il ne réussissait pas à vomir. Il cherchait seulement à fuir, avant de pouvoir respirer. Jamais, jamais, pensait-il, je ne referai la folie de m'approcher d'un éléphant en décomposition.

— Monte dans la voiture, lui dit Marc, tu te sentiras mieux !

C'était exact. Maintenant qu'ils roulaient l'odeur paraissait se disperser, mais il en restait encore quelques lambeaux, toujours aussi répugnants.

— Tu n'as pas pu regarder les pointes. Elles sont magnifiques ! Albert les rapportera demain à Daradou.

— Comment feront-ils ?

— Ils commenceront par les porter sur l'épaule, puis ils les chargeront dans la vieille camionnette qui les a amenés.

Le surlendemain, en effet, les pointes étaient présentées à Daradou. Les pisteurs les avaient appuyées contre le tronc d'un arbre en les déposant sur des coussins de feuillage, pour éviter d'abîmer la partie la plus fragile, celle de leur attache dans la tête. Elles étaient exactement symétriques.

Dans leur longueur on apercevait deux couleurs différentes : un blanc éclatant pour la partie qui se tenait des deux côtés de la bouche, et un ton plus brun, un peu irrégulier, pour celle qui travaillait à arracher les branches.

De véritables objets d'art, pensa Reilly.

— Les as-tu fait peser ? demanda-t-il à Marc.
— Bien sûr ! Mais la balance accrochée à un arbre donne des résultats approximatifs : soixante-trois et soixante-cinq kilos, ce qui les situe largement dans la zone des records. C'est la pointe portée à gauche qui est la plus lourde, comme chez tous les éléphants, sans qu'on puisse y donner d'explication.
— J'aimerais les emporter à Hudson Lodge, dit Reilly, pour les placer dans l'antichambre.
— Tu feras des jaloux ! Mais il faut d'abord les monter sur des socles de bois. Je te confirme qu'il y a à Derbisaka un excellent artisan qui a l'habitude de travailler pour moi. Tu peux lui faire confiance, mais cela prendra beaucoup de temps, trois semaines ou un mois !
— J'attendrai ! dit Reilly.

Et il contemplait l'ivoire lisse des pointes, comme des œuvres d'art patiemment fabriquées, et qui méritaient désormais une précaution infinie.

Chapitre 9

La piste de Fachoda

Tous les jours Reilly faisait une longue promenade, de l'ordre de deux heures, autour de Hudson Lodge. Il n'avait pas le choix de l'itinéraire, car il ne pouvait emprunter que les pistes, l'une vers le nord, l'autre vers le sud, tant la forêt restait impénétrable, et sans doute dangereuse, en raison du grouillement d'insectes, sur le sol et dans les feuillages.

Ce jour-là, il avait choisi la piste du Nord, celle qu'il préférait, car elle rappelait les extraordinaires souvenirs de l'expédition de Fachoda, qui était passée par là.

Dans les années 1896-1898, le commandant Marchand, alors capitaine, avait entrepris cette opération. Son ambition était d'arriver le premier, quoique parti de la lointaine côte atlantique, sur le haut du Nil, où il précéderait la colonne du Britannique Kitchener, venant du sud, sur un terrain plus facile.

En marchant sur la piste déjà mouillée en raison de l'approche de la saison des pluies, Reilly essayait de ranimer les souvenirs de ses lectures : le départ de l'expédition était aquatique ! Ils avaient suivi longuement le fleuve Congo, puis l'Oubangui, dans une profusion de pirogues. Les rameurs, au nombre de plusieurs milliers, se faisaient la course, et les tribus clamaient leur succès.

Lorsque l'expédition eut à quitter sa période nautique pour s'enfoncer vers le nord en direction du Soudan, l'organisation fut complètement transformée par le capitaine Marchand. Les rameurs devinrent des pisteurs, et la longue colonne avait parmi ses tâches de transporter une canonnière, que Marchand avait baptisée *Faidherbe*, qui deviendrait indispensable quand on se rapprocherait des sources du Nil. Comme il était impossible de transporter la canonnière, Marchand la faisait démonter : d'un côté la coque en bois, et de l'autre la mécanique et le moteur. Cela répartissait les efforts des porteurs, et cela expliquait aussi l'élargissement de la piste, là où Reilly avait tué le grand éléphant.

Reilly retrouvait dans sa tête les détails tirés d'un livre, illustré de photos jaunies, et ouvert sur une table de la somptueuse bibliothèque du Sénat. À l'époque de l'expédition, le pays où il se trouvait aujourd'hui faisait partie d'un large empire à dominante Zandé, dirigé par un sultan dont il cherchait le nom, quelque chose comme Avangoura, et celui-ci vivait dans sa capitale de Tamboura, située aujourd'hui de l'autre côté de la frontière du Soudan, dans le Bahr el-Ghazal.

Reilly, absorbé dans la recherche des souvenirs de ses lectures, rêvait d'aller visiter Tamboura. À l'époque toutes les femmes, riches ou pauvres, jeunes ou vieilles vivaient les seins nus, juste vêtues d'une longue jupe en tissu de paille, et les hommes, également le torse nu, s'appuyaient sur une longue lance et portaient une coiffure ronde pour se protéger du soleil.

Marchand avait réussi à établir avec le sultan Avangoura des relations amicales, et celui-ci l'aidait en lui fournissant des guides.

La rêverie fachodienne de Reilly fut interrompue par un bruit étrange, une sorte de ronflement mécanique venant du nord, entendu à trois kilomètres de distance, comme si un ou plusieurs véhicules avançaient en direction du *lodge*. Qui cela pouvait-il être ? Augustin était dans le camp et avait des travaux d'entretien à effectuer. De son côté Marc avait quitté Daradou pour Derbisaka afin de rencontrer le père Van Eck à propos de l'avenir de Pauline.

Le bruit s'était rapproché. Reilly regardait la piste dans les jumelles qu'il portait à son cou. Effectivement, il y avait plusieurs véhicules, cinq ou six, qui paraissaient neufs et fabriqués aux États-Unis, tous semblables. La voiture de tête s'arrêta à une trentaine de mètres, et Reilly observa la présence de deux personnes à l'avant, un homme blanc au volant, et une jeune femme blanche assise à côté de lui. Des pisteurs africains étaient sur la banquette arrière.

La jeune femme sauta de son siège et marcha sur la piste en direction de Reilly. Elle était effectivement très jeune, une trentaine d'années sans doute. Reilly évalua mentalement sa taille, un mètre soixante-dix ou soixante-douze, avec une fine silhouette. Elle était merveilleusement habillée, comme un mannequin de couverture d'une revue de chasse en Afrique : une veste en toile kaki, avec quatre poches et une ceinture fermée par une boucle de cuir. Elle portait un short de la même toile, qui s'arrêtait aux genoux, et des souliers de marche à la mode, de couleur blanche. Ses cheveux étaient blonds, coupés plutôt court.

Quand elle se fut rapprochée, elle s'adressa à Reilly :

— *I am American, and my name is Stephanie Weber. What is your name, and do you speak English ?*
— *My last name is Reilly, and I speak a little English.*

En disant cela, Reilly se souvint des leçons qu'il avait prises lorsqu'il était président du Sénat, et qu'il pensait devoir parler un anglais passable. Il avait fait venir chaque semaine dans son bureau un jeune étudiant britannique qui s'efforçait de corriger ses fautes de prononciation et de mettre un peu de tonalité dans son langage plat.

À partir de là, leur entretien se fit en anglais.

— Êtes-vous la personne qui possède Hudson Lodge, et que faites-vous ici ? interrogea Stephanie.

Reilly pensa à sa propre apparence. Elle n'était pas trop minable : un costume de chasse de toile verte, et une chemise claire.

— Oui, Hudson Lodge m'appartient. Le bâtiment a été construit par un Britannique, il y a plus de cinquante ans, mais il a bien résisté au temps.

— Et que faites-vous dans cette forêt ? reprit-elle.

— Je me repose, et je me promène.

— Mais vous chassez aussi ?

— Pas beaucoup. Il n'y a que des éléphants, et je n'aime pas les tirer.

— Marc, qui parle un excellent anglais, m'a dit que votre *lodge* était très grand, et que vous pourriez sûrement nous abriter. La nuit dernière, sous une tente à Daradou, n'a pas été très confortable.

Reilly était stupéfié par ce dialogue, devant le convoi arrêté. Le conducteur de Stephanie restait assis derrière son volant, fumant une cigarette. C'était aussi un jeune Américain.

— Je peux sans doute vous héberger, répondit Reilly, mais où allez-vous, et que cherchez-vous ?

— Nous préparons un film sur la célèbre expédition de Fachoda, et nous repérons le parcours. Vous ne savez peut-être pas que vous êtes sur la piste de Fachoda, et que le commandant Marchand a fait escale à Daradou ?

— Je le sais parfaitement, dit Reilly qui commençait à s'irriter. Mais combien êtes-vous pour vous arrêter à Hudson Lodge ?

— Quatorze personnes en tout : huit porteurs africains que nous avons recrutés à Bangassou, et six Américains : mon chauffeur qui est devant vous à fumer, et qui est aussi un grand expert de l'histoire de l'Afrique. C'est un compagnon très agréable, ajouta-t-elle en souriant, mais il ne s'intéresse pas aux femmes. Deux autres Américains sont des cinéastes professionnels, et surtout deux remarquables photographes. Ils repèrent les lieux du futur tournage. Quant aux deux derniers, assis dans la troisième voiture, ce sont des sortes de gardes du corps. Ils sont armés, et sont là pour nous protéger, mais aussi pour assurer la sécurité de notre matériel, qui a une grande valeur !

Reilly réfléchit rapidement. Lord Hudson avait vu grand en faisant bâtir le *lodge,* et il y abritait sans doute à l'époque plusieurs dizaines de personnes.

— Oui, je peux vous accueillir, dit-il, et je vais vous montrer le chemin.

— Merci, répliqua Stephanie, mais il me semble que ce n'est pas compliqué. Il n'y a qu'à suivre la piste. Vous n'allez pas marcher devant nous ! Venez vous asseoir dans ma voiture.

Elle regagna son véhicule et s'assit contre le conducteur faisant une place pour Reilly.

Le convoi se mit en marche en direction du lodge.

— C'est bizarre, s'étonna Stephanie en regardant Reilly de profil. Il me semble que je vous ai déjà vu quelque part ! Avant le cinéma, j'étais journaliste et je travaillais pour le Fonds monétaire international. J'étais chargée de la communication pour la réunion annuelle à Washington. J'ai l'impression de vous y avoir vu.

Reilly réfléchissait. Quand il était ministre des Finances, il s'était rendu deux fois aux réunions du FMI, et la mémoire lui revenait. Il avait été frappé par le charme d'une journaliste américaine. Ils avaient échangé quelques mots. C'était bien Stephanie.

— Oui ! dit Reilly. À l'époque j'étais ministre français des Finances, et je vous ai aperçue pendant les réunions du Fonds monétaire.
— C'est bien loin maintenant, reprit Stephanie, mais je comprends encore moins ce que vous faites dans cette forêt !

Le convoi avait roulé assez vite, et on aperçut entre les troncs des arbres la construction imposante de Hudson Lodge. Alerté par le bruit, Augustin se tenait devant la porte de sa chambre. Il habitait le nord du *lodge*, là où on avait organisé l'installation du personnel de service. Reilly lui fit signe de s'approcher, et il lui demanda de s'occuper du logement et des repas du personnel africain. Les dernières voitures s'arrêtèrent, et les deux premières avancèrent le long du mur de bois, sur la gauche, jusqu'à la partie résidentielle. Reilly indiqua aux agents de sécurité la première pièce, puis la seconde pour les cinéastes. Le conducteur de la voiture, et chef de l'expédition, John Armstrong, se vit attribuer la pièce suivante, qui était aménagée comme une chambre coloniale, et enfin, après que la voiture se fut arrêtée, Reilly ouvrit la porte d'une pièce spacieuse, et l'indiqua à Stephanie.

— C'est la pièce que lord Hudson avait fait aménager pour recevoir ses invités, qui d'ailleurs ne sont jamais venus.

Cette chambre communiquait avec la grande pièce de réception, qui servait aussi de salle à manger. Dans un coin se tenait le célèbre piano en bois d'ébène que Hudson avait fait apporter à dos d'homme depuis l'Ouganda.

Et, pour finir, une double porte s'ouvrait sur la chambre à coucher de Reilly et son cabinet de toilette. Au-delà, on apercevait, derrière de grandes vitres, le début de la piste sud et son alignement de palmiers.

Reilly avait donné rendez-vous à ses hôtes américains pour dîner à sept heures du soir. Auparavant du whisky et du gin seraient servis.

Il se changea en enfilant une chemise de coton blanc à col ouvert, et un pantalon bleu marine.

Stephanie arriva la première, portant une robe de coton vert, sans manches, s'arrêtant au-dessus des genoux.

Pauline se tenait derrière la table où se trouvaient les bouteilles et les verres. Elle était habillée d'une simple robe noire et d'un petit tablier blanc. Elle dépassait Stephanie de quatre à cinq centimètres.

Stephanie s'approcha de Reilly et l'interrogea en anglais, pensant que Pauline ne la comprendrait pas :

— Qui est cette beauté, et est-elle votre maîtresse ?
— C'est mon intendante. Elle vient de Derbisaka, et appartient à l'ethnie noble des Ngabakas. Elle m'a été recommandée. Ce n'est pas ma maîtresse, chuchota-t-il.

— Vous avez bien tort ! dit Stephanie. Moi, cela fait presque un an qu'aucun homme ne m'a approchée. On préparait l'expédition et le film, et John, comme je vous l'ai dit, ne s'intéresse pas aux femmes ! Ses passions vont ailleurs…

Reilly se détourna de la conversation et s'adressa à Pauline en français :

— Peux-tu me préparer un gin, s'il te plaît ?

*

Le dîner se déroula dans la gaieté. Les Américains ne parlaient qu'entre eux. Reilly avait placé Stephanie en face de lui. Le service était assuré par Pauline et deux serveuses africaines. À dix heures l'électricité fournie par le générateur s'arrêta, et on alluma des bougies.

Dans la demi-obscurité on entendit soudain un bruit étrange, formé de hurlements et d'aboiements. Le bruit venait de la forêt, à une assez courte distance.

— Qu'est-ce que c'est ? interrogea Stephanie.
— Ce sont des hyènes qui viennent pour leur repas du soir.

— Sont-elles dangereuses, et attaquent-elles les hommes ?
— Normalement non ! Elles s'enfuient. Mais c'est comme pour tous les animaux, si elles sont attaquées ou blessées elles peuvent chercher à se venger.
— Qu'est-ce que c'est que ce repas du soir ? insista Stephanie.

Les hurlements s'étaient rapprochés. Ils n'étaient plus qu'à quelques dizaines de mètres.

— Les hyènes viennent le soir se nourrir des détritus du camp. Le chef cuisinier leur laisse la viande avariée et toutes sortes de déchets. Elles repartent avant le lever du jour.

On entendait maintenant des halètements, et des courses dans la forêt.

— Le repas est terminé, dit Reilly. Il est temps que vous regagniez vos chambres, car je crois que vous partez tôt demain. John a l'intention de repérer des endroits où prendre des images, notamment celles du transport démentiel de la canonnière *Faidherbe,* jusqu'aux premières rivières du Nord. Augustin qui connaît bien le chemin vous conduira. Et je vous attendrai au retour !

Reilly se leva de table et alluma une lampe de poche. Les invités firent de même.

Pauline souffla les bougies une par une et les invités partirent en file indienne, une lampe à la main, rejoindre leur chambre.

Reilly était le seul à quitter la grande salle par la porte du Sud. Il l'ouvrit, et enfila son pyjama, étalé sur son lit. Puis il alluma une petite lampe, accrochée au-dessus de son lit, grâce à laquelle il pouvait se livrer à une séance de lecture. Le livre qu'il avait dans la main était *Bel-Ami,* qu'il avait déjà parcouru jusqu'à la moitié. Les hyènes poursuivaient leur sarabande à courte distance, mais il leur restait indifférent.

Il entendit un grincement dans la poignée de la grande salle, qui finit par s'ouvrir. C'était Stephanie Weber qui entrait. Elle portait toujours sa robe verte, et paraissait affolée.

— Pouvez-vous me protéger ? demanda-t-elle.
— Vous protéger contre qui ? demanda Reilly.
— Contre ces bêtes ! Elles aboient le long du mur. Elles finiront par entrer. Je ne peux pas dormir. Protégez-moi, je vous en supplie !

Reilly regarda la largeur de son lit. Sir William avait eu l'idée de se faire fabriquer un lit gigantesque, de plus de quatre mètres de largeur, sans doute pour la sieste.

— Installez-vous là, dit Reilly en montrant à Stephanie le côté du lit opposé au sien.
— *Thank you,* remercia Stephanie.

Et elle se débarrassa de sa robe verte en la passant au-dessus de sa tête. Elle était superbe maintenant dans ses sous-vêtements de coton blanc. Elle souleva le drap et se faufila dans le lit.

Reilly continua sa lecture.

Un coup fut frappé le long du mur, suivi d'un hurlement très proche. Stephanie poussa un cri de frayeur et se rapprocha de Reilly.

— Protégez-moi, demanda-t-elle. Et pouvez-vous me protéger si ces fauves entrent dans la pièce ?

Sa voix était haletante.

— Mais oui ! J'ai de quoi vous protéger ! Je garde toujours ma carabine prête à tirer adossée à ma table de nuit. C'est un calibre 375. C'est l'arme avec laquelle le fameux Bell a tiré tous ses éléphants !

— J'ai un peu moins peur, dit Stephanie.

Elle s'appuya contre le corps de Reilly. Celui-ci étira son bras, et saisit la taille de Stephanie.

Il sentit ses cheveux blonds sur son cou.

*

Le lendemain Reilly se réveilla tard. Le soleil était largement levé. C'était Pauline qui, comme chaque matin, lui apportait le café de son petit déjeuner.

— Ils sont partis, dit-elle. Ils voulaient gagner la frontière du Bahr el-Ghazal.

— Qui est-ce « ils » ?

— C'est tout le groupe, avec les six Américains. Ils se sont disputés avant de partir.

— Qui ?

— Les Américains ! Le chef de l'expédition et la jeune femme.

— Disputés à quel sujet ?

— Je n'ai pas bien compris. Je ne connais que quelques mots en anglais. Il m'a semblé que John voulait quitter le camp. Il avait préparé ses bagages, et disait qu'ils étaient en retard sur le programme de l'expédition. La jeune femme insistait pour revenir ce soir. Et ils ont laissé leurs bagages.

— Prépare le repas pour le retour : John et Stephanie, et les deux cinéastes, ainsi que les deux gardes du corps. Et sers-leur les deux bouteilles de vin français que m'a apportées Marc.

— Oui, je vais m'occuper de cela, répondit Pauline, mais j'ai quelque chose à vous dire.

— Quoi, belle Pauline ?

— Je vais partir.

Reilly fut saisi. Était-ce la conséquence de la visite nocturne de Stephanie, que Pauline avait surprise ?

— Partir pour où ?

— Partir pour la France. C'est le père Van Eck et Marc qui en ont eu l'idée. Ils pensent que si je reste ici, je serai condamnée à devenir la concubine d'un chef de village Zandé, et ils ne veulent pas de cela pour moi !

Reilly se sentit soulagé. Cela n'avait rien à voir avec la visite nocturne de Stephanie.

— Mais quand vas-tu partir ?

— Sans doute dans deux semaines. Marc m'emmènera dans son avion. Il a trouvé une école d'infirmières près de la ville de Lyon qui pourrait m'accueillir. Mais il faudra venir me voir, ajouta-t-elle. Je sais que vous ne voulez pas revenir en France. Mais vous devez promettre que vous viendrez me voir. Sinon je ne partirai pas.

Reilly était secoué par cette annonce.

Pauline faisait désormais partie de sa vie, comme Hudson Lodge, et les grands arbres de la forêt. Il ne voulait pas la perdre, mais il était conscient qu'une forme de fatalité rôdait autour d'eux, si modestes fussent-ils, et qu'il ne retournerait jamais en France.

*

Le convoi des cinéastes fut de retour vers dix-huit heures. Leurs voitures scintillaient encore mais portaient des traces de boue sur les pneus et sur les bas-côtés des carrosseries. Ils avaient dû s'enliser.

— Nous voilà ! s'exclama Stephanie en sautant de la première voiture. Je pensais que nous n'arriverions jamais ! Nous sommes arrivés à Djemar, mais la piste était épouvantable, et les rivières commencent à déborder.

Elle avait été rejointe par John, dont la chemise collait à la peau.

— Donnez-nous un moment pour nous rafraîchir, et nous vous rejoindrons pour dîner. Et n'oubliez pas le gin !

Stephanie était maintenant devant Reilly. Elle lui souriait avec un coup de soleil sur le visage.

— Je suis revenue pour vous voir, chuchota-t-elle. John est furieux. Il voulait continuer et traverser la frontière, là où Marchand est passé. J'ai dû lui expliquer que j'avais laissé mes bagages dans le *lodge*, ce qui est un peu vrai ! Nous partirons demain, mais j'espère que ce soir il y aura des hyènes qui rôderont autour du camp !

Elle était superbe, échevelée, et se tenait tout près de lui. John lui tournait le dos.

Une heure plus tard, ils arrivèrent dans la grande salle, rafraîchis par les douches. Comme partout en Afrique, ces douches consistaient en un cylindre de toile rempli d'une eau qu'on faisait tiédir au soleil.

Stephanie fut la dernière à faire son entrée. Elle avait découvert, sans doute dans une boutique de Santa Monica, une exquise robe de lin clair, qui ne cachait ni ses épaules, ni ses jambes. Oublions l'Afrique, pensèrent les Américains. Nous sommes dans un bar, tout près de l'océan, où nous pouvons goûter la beauté et le gin.

C'est Pauline qui versait le gin dans les verres de couleur, avec de l'eau pétillante. Elle ne détonnait pas dans le groupe, avec sa silhouette étirée et le dessin précis de ses hanches sous sa jupe de drap noir. Le gin coulait abondamment, et la bonne humeur revint.

C'est Reilly qui fit la proposition pour le départ du lendemain :

— Le mieux, dit-il, c'est que vous preniez la piste de Marchand, et que vous entriez au Soudan par le poste frontière de Tamboura.

« À vrai dire, il n'y a pas de frontière : on ignore où elle passe exactement. Comme vous le savez, le sud du Soudan est en pleine guerre civile, en raison de compétitions tribales, et personne ne se soucie de la frontière. Vous entrerez dans la province de Bahr el-Ghazal, et vous trouverez rapidement les rivières où Marchand faisait dériver sa canonnière. Mais je vous propose de faire une excursion sur le parcours en allant visiter la roche des Zandés.

— Qu'est-ce que c'est que cette histoire ? répliqua John. Ce sera encore du temps perdu !

— Pas vraiment, répondit Reilly. Cela ne vous fera perdre qu'une vingtaine de kilomètres.

— C'est quoi cette roche ? interrogea à son tour Stephanie.
— Un énorme caillou, haut de près de douze mètres, au sommet duquel les populations locales pratiquaient des cultes religieux.
— Y compris des sacrifices humains ?
— C'est très vraisemblable. On l'appelle la roche des Zandés, mais c'est relativement récent, parce qu'elle est située dans le royaume Bandia, que les Zandés, venus du nord, ont envahi il y a quelques centaines d'années.

Stephanie se tourna vers John :

— Allons la voir, dit-elle, cela paraît assez extraordinaire, et peut-être pourrons-nous la faire figurer dans le film.

*

Ils se mirent à table pour leur dernier repas dans le *lodge* : Stephanie, John, le producteur, les deux cinéastes et les deux gardes du corps. Reilly avait fait présider la table par Stephanie, et s'était installé à sa gauche, et John à sa droite.

La conversation dériva vers les États-Unis et le Fonds monétaire international. Reilly voyait remonter des souvenirs : oui, il avait rencontré Stephanie et avait été attiré par elle, perdue dans la foule des experts financiers. L'année suivante – la dernière pour lui – il l'avait recherchée mais sans la retrouver. Il lui avait semblé qu'elle avait rejoint le service de presse de la Maison-Blanche. Mon Dieu, pensait-il, que c'est loin : un autre monde. Il avait cherché à mieux la connaître, et l'avait encouragée à visiter la France pour la convaincre. Il l'avait invitée à dîner dans un restaurant à la mode de Washington, mais c'était le jour où l'Assemblée nationale avait renversé le gouvernement Pleven, dont il faisait partie. Il avait dû rentrer à Paris par l'avion du soir. Il avait décommandé le dîner, et ne l'avait jamais revue.

Pauline assurait le service. Il la regardait différemment depuis qu'elle lui avait annoncé son départ. Il avait découvert qu'il lui était profondément attaché, et qu'elle serait irremplaçable. Elle servait maintenant le champagne, dont Marc avait fait parvenir deux bouteilles.

— À la mémoire du commandant Marchand ! proposa Reilly.

C'est Stephanie qui annonça la fin du repas.

— Nous nous retrouverons demain matin, à neuf heures trente, pour le grand départ.

Tous les convives quittèrent la pièce par la porte qui donnait sur le couloir. Seul Reilly partit de son côté vers le sud pour regagner sa chambre. Il vivait l'événement avec un sentiment mêlé d'isolement et de nostalgie. Pour se changer les idées, il reprit la lecture des *Contes de la bécasse*. Il entendit un léger grattement contre la porte. C'était Stephanie qui entrait.

— Si j'ai souhaité que l'expédition revienne au *lodge* ce soir, c'est pour passer une nouvelle nuit près de vous. Une seule nuit c'était trop court. Et puis je voulais vous faire part de mes projets. Je vais poursuivre la préparation du film sur l'expédition du commandant Marchand. Il nous reste encore deux mois pour arriver à Fachoda et repérer les lieux du futur tournage. Quand ce sera fait nous retournerons en Californie, où nous attendrons la fin de la saison des pluies en Afrique centrale pour engager la prise d'images, en temps réel, avec des dialogues et des acteurs bien préparés, dont celui qui jouera Marchand, pour lequel je recherche un grand acteur, du type de John Wayne. J'aimerais installer mon campement principal ici, près de Hudson Lodge. Cela vous rapporterait pas mal de dollars, même si je sais que cela ne vous intéresse pas, mais peut-être changerez-vous d'avis. Et j'aurai l'occasion de passer de nombreuses nuits près de vous. J'attendrai ce moment avec impatience !

Elle changea le débit de sa voix pour demander :

— Allez-vous me protéger même si les hyènes ne reviennent pas ?

Stephanie portait une sorte de chemise blanche à manches courtes. Elle s'assit au bord du lit et renouvela sa demande en souriant.

Reilly ne savait que penser, ému par la gentillesse du geste et le désir qu'il sentait s'éveiller en lui.

— Bien sûr que je vous protégerai s'il survient un danger. La carabine est à côté de moi. Mais ne restez pas assise ainsi. Entrez sous les couvertures, ce sera plus confortable !
— Merci de l'invitation, répondit Stephanie en s'adossant à l'oreiller.

Elle replia ses jambes en tenant ses mains sous ses genoux, ce qui fit remonter sa jupe et découvrit sa peau, bronzée par le soleil de Californie.

— J'ai une seule question à vous poser, dit-elle.
— J'essaierai d'y répondre, répliqua Reilly.
— Ce sera facile, c'est une question simple : que faites-vous ici ?
— C'est simple en effet ! Je ne fais rien ! J'ai souhaité disparaître, et je suis venu vivre ici, à Hudson Lodge, que la chance m'avait fait découvrir.
— Mais pourquoi disparaître ?
— C'est une longue histoire qu'il me faudrait du temps pour raconter ! Les excès de la société de communication, qui fait disparaître tout espoir de vie privée. Le tintamarre médiatique ! Et l'égoïsme individuel qui s'est emparé des citoyens, et qui fait dériver toute élection vers la recherche d'avantages personnels, en risquant de désorganiser et d'appauvrir la société. Ce n'était pas comme cela à l'origine. Je me souviens de la question que les dirigeants posaient au peuple sur l'agora dans la Grèce du ve siècle : « Qui veut, qui peut dire quelque chose d'utile à sa patrie ? »
— On en est loin, en effet, répondit Stephanie. (Elle remonta ses mains sur le haut de ses jambes.) Mais vous ne faites rien pour améliorer les choses en vous cachant ici !
— C'est vrai, mais je n'y participe plus, et c'est une extraordinaire délivrance !

Reilly sentait défiler dans son cerveau tous les tapages de la société médiatique contemporaine.

Il en était libéré. Il chercha à prendre la main de Stephanie posée sur sa cuisse, là où la jupe s'arrêtait.

— Je ne fais rien, répéta-t-il. Mais lord Hudson ne faisait rien non plus, et il a fait apporter son piano. C'est tout. Moi j'ai une caisse de livres ! Environ soixante ouvrages. Tous ceux que j'aime. J'en ai bien pour deux ans.

— Mais que vous arrivera-t-il, que ferez-vous en cas d'accident grave ?

— Je me ferai transporter à Derbisaka, où le père Van Eck me soignera. Il a fait des études de médecine.

Stephanie le regarda avec étonnement :

— Soyez sérieux. Si vous avez un problème cardiaque, si vous détectez un début de cancer, il faudra partir.

— Je reviendrai à Bangui, où il y a une clinique gérée par des sœurs. Je me suis renseigné avant de partir.

— Moi aussi, répliqua Stephanie. Ce sont des sœurs américaines. Elles sont là pour alléger la souffrance humaine, surtout celle des femmes. Elles ne pourront rien faire pour vous. Il faudra partir.

Reilly goûtait la sensation délicieuse de sa main posée sur le haut de la jambe de Stephanie.

— Partir pour où ? interrogea-t-il.

— Pas pour la France, où votre retour poserait trop de problèmes, et appellerait trop de critiques. Il n'y a qu'un seul endroit : les États-Unis !

— Je n'ai aucun moyen d'y aller, contesta Reilly.

— J'y ai déjà réfléchi, répondit Stephanie, et la chance veut que j'aie trouvé la solution. L'hôpital de Bangui est dirigé par un médecin américain, et même irlando-américain comme moi. Je vais lui demander d'organiser votre transfert, si c'était nécessaire, vers New York.

— Mais c'est très compliqué, et très cher !

— Pas très compliqué ! Un petit avion pourrait vous transporter à Kinshasa en moins d'une heure. Quant à la dépense, j'imagine que vos comptes sont bloqués.

— Sans doute, mais à quel montant ? Je n'en ai pas la moindre idée !

— En cas de problème, conclut Stephanie, je vous ferai recruter comme consultant par notre société de prise d'images pour l'expédition de Fachoda. Vous y avez largement droit ! Mais assez parlé, dit-elle. Je sais que vous ne ferez rien, mais je m'occuperai de vous ! Et je veux vous garder ! Laissez-moi un peu de place…

Stephanie déplia ses jambes et souleva le drap. Elle s'étira le long du corps de Reilly.

— C'est le bonheur presque parfait, murmura-t-elle.

— Oui, parfait, répliqua Reilly, qui avait allongé le bras pour saisir sa taille et caresser sa peau.

Au-dehors tout restait calme, sauf le long des murs du *lodge,* un vent léger qui faisait onduler le haut des branches des plus grands arbres.

C'était enfin la nuit.

Chapitre 10

La roche des Zandés

Le convoi s'ébranla à dix heures précises, et le ciel était parcouru de petits nuages blancs annonçant la saison des pluies.

La voiture de Reilly précédait le cortège pour indiquer la piste. C'est lui qui était au volant, avec Augustin assis à côté de lui, et deux pisteurs Zandés installés sur la haute banquette arrière. L'un d'eux était Albert, qui portait un large pansement sur la jambe, là où il s'était blessé en découpant le foie de l'éléphant.

Puis venait la voiture de Stephanie, conduite par John, et les quatre autres qui transportaient l'équipe américaine du film et les porteurs Zandés.

Le contraste était saisissant entre la Land Rover de Reilly, boueuse et crasseuse, et le scintillement des voitures américaines, que les porteurs Zandés avaient dû arroser d'eau savonneuse.

Le convoi roula pendant près de deux heures dans une forêt compacte, avec quelques grands arbres éparpillés au-dessus d'une végétation plutôt buissonneuse. La largeur de la piste dépassait à peine un mètre cinquante. Les voitures frottaient la broussaille des deux côtés.

Tout à coup une roche grise barra l'horizon. Elle paraissait immense. C'était la roche des Zandés.

Reilly fit arrêter le convoi à quelque distance.

— Il vaut mieux approcher à pied, dit-il.

Et ils avancèrent, les Américains en tête, suivis par les pisteurs transportant des rouleaux de cordelette.

— On ne sait pas d'où vient cette pierre, dit Reilly. Elle a pu être apportée par les crues des rivières, mais cela semble peu probable, vu sa taille. Ou cela peut aussi être une météorite, comme celles qui ont fait disparaître un grand nombre d'espèces animales. On n'en sait rien, mais sans doute qu'un jour des chercheurs nous fourniront la réponse.

— Peut-on grimper au sommet ? demanda Stephanie.
— C'est assez difficile, mais les pisteurs ont apporté du matériel pour le faire. Des espèces d'échelles de corde.

On apercevait sur le côté de la roche une sorte de fente, large d'une quarantaine de centimètres, qui permettait à un pisteur d'entreprendre l'escalade. Il portait attachée à sa ceinture une longue ficelle qui servirait à hisser les échelles de corde. On vit soudain sa silhouette se détacher sur le ciel, et il réussit à fixer une échelle de corde le long de la fente.

— Qui monte ? demanda Reilly.
— C'est moi la première ! s'exclama Stephanie.

Et elle escalada quelques barreaux. Elle avait eu la sagesse de revêtir un pantalon de brousse, couvert de plusieurs poches.

Albert se prépara à la suivre, si elle rencontrait quelque difficulté.

Il interpella le premier pisteur :

— C'est solide là-haut ?

— Oui, très solide ! J'ai attaché l'échelle à une saillie du rocher.

Stephanie, Reilly et Albert se retrouvèrent sur le plateau qui couronnait la roche. Il était large de cinq ou six mètres.

— C'est ici que les Zandés pratiquaient les sacrifices humains ? interrogea Stephanie.

— On n'en sait rien, mais c'est probable, répondit Reilly qui s'était renseigné dans les livres scientifiques prêtés par le père Van Eck. De toute façon les Zandés ne sont que les derniers occupants. Ils sont venus du nord, comme les Massaï au Kenya, et ils ont écrasé les nombreuses tribus de l'empire Bandia – Reilly pensa une seconde à Pauline – qui pratiquaient avant eux les sacrifices humains, et jetaient les condamnés du haut de la roche.

— Il fallait d'abord les faire monter, indiqua Stephanie, dont le pied glissa sur un galet luisant.

Reilly la saisit par le bras, et une idée folle lui traversa l'esprit : il suffirait d'une légère poussée pour que Stephanie tombe du haut de la roche, et personne n'en connaîtrait jamais la cause.

Que lui arrivait-il ? Commençait-il à divaguer ? Il se ressaisit, mais avec une crispation froide dans le cœur. Dans cet isolement étrange, était-il devenu un autre, irresponsable et violent ?

Il tenait toujours le bras de Stephanie, et l'aida à commencer la descente. Les premiers moments sont les plus difficiles, car les pieds ont de la peine à trouver les barreaux de l'échelle, tandis que les bras s'agrippent avant d'entamer la descente.

Albert, Stephanie et Reilly se retrouvèrent au pied de la roche, troublés par l'évocation des sacrifices. Stephanie avait cru apercevoir dans la mousse qui recouvrait le haut de la roche des traces de sang séché.

Chacun regagna sa voiture, et le convoi se reforma, tout en prenant des directions contraires : la Land Rover de Reilly retournerait vers le sud, tandis que les voitures américaines prendraient la route du Nord.

Reilly voulait saluer le départ de la colonne et se rapprocha de la première voiture. John était assis au volant sur la droite, la tête penchée vers les pédales. Il ne voyait rien, et une sorte de tige métallique, qui soutenait la banquette du haut, rendait tout regard impossible. Stephanie tourna la tête vers le côté et fit signe à Reilly de se rapprocher.

— J'ai été heureuse de découvrir votre belle résidence, et de faire votre connaissance dans cette forêt ! Je reviendrai ! À bientôt.

Elle avança ses lèvres pour un ultime baiser.

— À bientôt, répondit-il avec un certain remords, car il ne croyait pas à ce qu'il disait.

Il éprouvait un mélange de bien-être et de culpabilité qu'il avait souvent ressenti.

Et il regarda le convoi partir, les voitures bien alignées. Les Africains, installés sur la haute banquette du dernier véhicule, lui firent des signes de la main.

Reilly regagna sa Land Rover et demanda à Augustin de conduire. Il observa encore la roche des Zandés, et était troublé par les derniers sacrifices. Comment faisait-on monter les hommes promis à la torture, le visage gris de frayeur ? Les mettait-on dans un sac ? Récitait-on des prières rituelles adressées aux dieux de la forêt ? Puis leur coupait-on les jambes à hauteur des genoux avant de les balancer dans le vide ? Les sacrifices avaient commencé il y a longtemps dans l'empire Bandia, et s'étaient poursuivis pendant deux siècles après la conquête Zandé. Il ne semble pas que la colonisation s'en soit occupée; d'ailleurs elle était à peine présente, hors de Bangassou et de Rafaï.

Reilly était à ce point absorbé par ses pensées qu'il ne réalisait pas qu'on était maintenant tout près du *lodge*. Les premières ampoules scintillaient entre les arbres. On allait retrouver le calme et la normalité. Reilly descendit de sa Land Rover avec une crispation dans les jambes.

L'aventure de l'expédition Marchand était terminée.

*

Ce soir-là, après le dîner, Pauline vint saluer Reilly dans sa chambre. Elle resta près de la porte.

— Je suis contente que cette femme soit partie. Elle ne vous faisait pas de bien!

Et Pauline referma la porte.

Chapitre 11

Le dernier éléphant

Deux jours plus tard, Marc vint dîner au *lodge*. Il avait retardé son départ.

— Le temps est trop incertain pour voler. La météo annonce l'arrivée de tornades, avec le début de la saison des pluies. Comme tu l'as vu, mon avion est un monomoteur, et je ne peux pas prendre le risque de survoler la forêt, surtout avec une passagère, ajouta-t-il en souriant à Pauline. Mais dès que la météo, que je prends à la radio, sera devenue plus normale, nous partirons, c'est-à-dire dans une semaine ou deux. D'ici là j'irai faire une visite au père Van Eck à Derbisaka. Il y a longtemps que je ne l'ai pas vu, et je dois préparer de la paperasserie pour le départ de Pauline et son admission en France.

« Mais j'ai une autre information à te communiquer. Elle concerne un village appelé M'boko, où je me suis rendu pour assister à la cérémonie d'un mariage. C'était un spectacle extraordinaire de rites et de danses Ngabakas. Les hommes revêtent à cette occasion, au lieu de l'ancien pagne d'écorce battue, des pagnes de femmes qui bouffent autour de leurs reins. Un joueur de xylophone fournit la musique. Quand la nuit tombe, une femme aperçoit la nouvelle lune derrière un nuage. Le public éclate en acclamations. On allume deux feux, et deux cortèges se forment, l'un pour les hommes, l'autre pour les femmes, et seuls ceux qui ont reçu l'initiation peuvent danser. Tout le monde chante en langue Ngbandi, pour rappeler l'origine des Bandias, avant la conquête des pays par les Zandés, et les Nzakaras…

— Tout cela est très intéressant, l'interrompit Reilly, mais pourquoi me racontes-tu cette histoire ? Je n'ai aucune intention d'aller assister à un mariage chez les Ngabakas !

— C'est parce qu'il s'agit de tes plus proches voisins. Ils sont à trois heures de marche, et s'ils ont un problème, ils viendront t'en parler.

— Je les attends !

La conversation se poursuivit tard dans la nuit et porta sur les élections européennes dont Marc avait eu l'occasion d'apprendre par la radio qu'elles auraient lieu le dimanche suivant.

— Cela ne me concerne plus ! observa Reilly.
— Il me semble que tu t'en es occupé la première fois, lorsqu'ils ont élu Simone Veil ?
— Oui, mais c'est loin, et j'ai été déçu par la suite.
— Déçu en quoi ?
— Il m'a semblé que les institutions européennes étaient embarquées dans une lutte pour le pouvoir, et qu'elles ne répondaient plus aux désirs des citoyens. Mais pourquoi en parler ?
— Parce que c'est toujours important !
— Sans doute, mais cela ne me concerne plus, et je n'y pense jamais ! Explique-moi plutôt ce que va faire Pauline.
— Elle va entrer dans une formation d'infirmière. C'était à l'origine une institution religieuse, installée près de Lyon. Avec le temps c'est devenu une école publique.
— Tu t'en occuperas ?
— Oui, mais de loin. J'habite dans la Sarthe, là où tu es venu chasser une fois le sanglier, et une autre fois la bécasse.
— Je m'en souviens très bien.

On entendait des gouttelettes tomber sur la toiture, ce qui interrompit la conversation.

— C'est le début de la saison des pluies. Tu ne devrais pas repartir ce soir. Reste dormir ici !

Et Marc, avec son équipage, regagna Daradou le lendemain matin.

*

Une semaine plus tard, Pauline vint servir son café à Reilly. Moment délicieux, mais il semblait aussi qu'elle avait quelque chose à dire.

— Il y a une délégation qui vous attend. Ils sont arrivés tôt, en provenance du village des Ngabakas, et ils voudraient vous parler. Je les ai fait entrer dans la grande salle, et j'ai prévenu Augustin pour qu'il serve d'interprète.
— Offre-leur une bouteille de bière, et j'arrive !

Reilly enfila son costume de chasse en coton kaki, boucla sa ceinture, noua ses chaussures et entra dans la grande salle.

C'était un spectacle stupéfiant : trois hommes appartenant à deux ethnies différentes, revêtus d'une sorte de caleçon tombant sur les genoux et d'un boléro largement ouvert sur leur poitrine. Le plus grand, qui était aussi le plus jeune, tenait une lance à la main. Les deux autres avaient des couteaux accrochés à la ceinture. Leurs sandales étaient faites de bois et de liane.

Augustin parla en leur nom :

— Ce sont les chefs du village des Ngabakas, le plus proche d'ici. Ils sont venus demander votre secours.
— Mon secours pour quoi faire ? interrogea Reilly.
— Pour les protéger d'un éléphant qui est devenu dangereux pour eux.
— Comment cela ?

Augustin se tourna vers la délégation qui se tenait toujours debout, et eut une longue discussion dans une langue dont Reilly ne saisissait pas un mot, sauf, par moments, « éléphant ».

— Ils racontent qu'ils ont quelques cultures autour du village, du manioc, du maïs et du mil. L'arrivée de la pluie provoque une poussée générale des plantations, et les éléphants viennent se servir la nuit. À l'aube ils disparaissent. Cette année c'est différent. Il y a parmi eux un grand mâle, qui vient en plein jour et qui piétine les récoltes. Il a tué deux femmes qui cherchaient à le faire fuir en secouant des tissus de couleur. Nous vous demandons de nous en débarrasser.
— Mais comment ? interrogea Reilly.

Augustin se tourna vers le groupe, et traduisit la question.

— En le tuant avec un fusil, répondirent-ils.

Et ils se lancèrent dans une longue explication.

Eux-mêmes n'avaient pas de fusils, car c'était interdit à l'époque coloniale, et après l'indépendance l'interdiction avait été maintenue, car le pouvoir, notamment celui de Bokassa, se méfiait de possibles insurrections tribales.

— Alors comment les chassez-vous ?
— Avec des sagaies.
— Mais c'est impossible !
— Non c'est possible, avec une sagaie, comme la lance que cet homme tenait dans la main, mais c'est dangereux. Il faut vous rapprocher de l'éléphant, sans qu'il vous sente à cause du vent, et vous glisser entre ses pattes, en enfonçant la sagaie dans son ventre, jusqu'à l'estomac, et là il meurt. Mais cela ne marche qu'avec des éléphants jeunes et faibles. C'est impossible, en effet, avec un grand animal.
— J'ai essayé de le faire moi-même, dit le plus jeune des Zandés, celui qui tenait la lance. J'ai réussi à me glisser entre les pattes, et j'ai voulu enfoncer ma sagaie, mais elle s'est brisée à mi-longueur, en

blessant l'animal sans réussir à le tuer. Depuis la douleur l'a rendu furieux, car il traîne encore la sagaie, et il attaque tous ceux qu'il rencontre. C'est pour cela qu'il a tué les deux femmes. Il faut nous protéger ! Avez-vous un fusil ?

— Oui, répondit Reilly, un bon fusil ! Mais il faut pouvoir l'approcher.

De la discussion confuse qui suivit, Augustin réussit à extraire la proposition que Reilly se rendrait chez les Ngabakas, et qu'eux-mêmes le conduiraient jusqu'à l'éléphant pour qu'il le tire.

Deux jours plus tard Reilly partit pour le village. La pluie tombait, et il était exact que les plantations étaient dévastées. La nourriture des habitants était compromise. Mais l'éléphant ne se montra plus. Peut-être avait-il été alerté par le bruit de la voiture. On entendait au loin craquer des branches d'arbre ! Il était impossible de l'approcher, car la nuit commençait à tomber.

Reilly se mit d'accord avec les autorités locales, qui portaient des pagnes dégoulinants, il reviendrait dès que les pluies s'arrêteraient, et on essaierait de pister le grand éléphant dans la forêt.

*

Les occupations de Reilly consistaient en promenades, c'est-à-dire à marcher le long des pistes pendant deux heures, généralement le matin vers le nord, et l'après-midi vers le sud, en suivant le mouvement du soleil.

Il avait fait installer un fauteuil de rotin, trouvé dans les trésors de sir William, au milieu de la porte sud, en face de la longue allée de palmiers. Et c'est là qu'il s'installait pour faire ses lectures, celles des livres que contenait la caisse qu'avait transportée Marc : Tolstoï, Maupassant et Flaubert entre autres, ainsi que des romans policiers publiés aux États-Unis, notamment par John Grisham. Et c'est là aussi que Pauline venait lui apporter l'indispensable gin tonic, servi dans de grands verres piquetés de bulles. Que ferait-il, pensait-il, lorsqu'elle ne serait plus là ?

Les pluies se firent plus rares, et au bout de trois jours le ciel fut dégagé. Reilly pensait qu'il allait pouvoir pister le lendemain le grand éléphant blessé. Il en prévint Augustin pour qu'il prépare la Land Rover en vue du lendemain matin. Et il s'installa dans son fauteuil, au milieu de la porte sud, taillée dans les grandes plaques vitrées qui en encadraient le seuil, face à l'allée. Il se plongea dans *Guerre et Paix*, mais sans passion, car il était arrivé au moment où Pierre assistait au pillage des Français dans Moscou.

Il écoutait les bruits de la forêt : des piétinements et des craquements d'arbres qui lui semblaient lointains. Comme toujours il gardait par précaution son fusil appuyé contre le bras de son fauteuil.

Et soudain ce fut un choc épouvantable ! Il entendit le craquement d'une branche d'arbre à quelques dizaines de mètres de lui, et un palmier fut arraché. C'était un grand éléphant qui marchait en direction du lodge. Reilly saisit ses jumelles et repéra une tige qui se balançait entre les pattes de l'animal. C'était le grand éléphant.

Il s'approcha de la véranda, guidé par son odorat.

Reilly aperçut au-dessus de lui une ombre immense qui cachait le ciel, haute de plus de cinq mètres, et devant elle, le balancement d'une lourde trompe, entre les deux pointes blanches.

Reilly chercha à saisir sa carabine, mais c'était trop tard : la trompe l'avait déjà assommé.

La frappe fut si forte qu'elle écrasa l'oreille et ouvrit le cerveau. Tout avait disparu : les rêves, les souvenirs, les espoirs, les remords et les rancunes. Le sang coulait le long du cou.

L'éléphant enroula sa trompe, émit un barrissement claironnant, se retourna et partit à pas lents, en traînant encore sa sagaie. Il n'emprunta pas l'allée des palmiers, mais s'enfonça tout de suite dans la forêt, où on pouvait l'entendre s'éloigner.

Augustin, Pauline et Albert, qui avaient été alertés par le fracas qu'avait causé l'effondrement des vitres de la véranda, arrivèrent dans la pièce. Reilly était étendu par terre, dans une flaque de sang. Augustin et Albert sortirent sur l'allée, où ils coupèrent une grande feuille de palmier qu'ils déposèrent sur le corps de Reilly.

André Reilly, ancien président du Sénat, avait disparu.

TABLE

DU MÊME AUTEUR

Démocratie française, Fayard (1976).

L'État de la France, Fayard (1981).

Deux Français sur trois, Flammarion (1984).

Le Pouvoir et la vie, tome I. *La Rencontre,* Cie 12 (1988).

Le Pouvoir et la vie, tome II. *L'Affrontement,* Cie 12 (1991).

Dans cinq ans, l'an 2000, Cie 12 (1995).

Les Français. Réflexions sur le destin d'un peuple, Plon/Cie 12 (2000).

Le Pouvoir et la vie, tome III. *Choisir,* Cie 12 (2006).

Le Passage (roman), Robert Laffont (1994).

La Princesse et le Président (roman), De Fallois/XO Éditions (2009).

La Victoire de la Grande Armée (roman), Plon (2010).

Mathilda, XO Éditions (2011).

Mise en page : Sylvie Denis

FSC
www.fsc.org
MIXTE
Papier issu
de sources
responsables
FSC® C123930

Impression réalisée par CPI BUSSIÈRE
Saint-Amand-Montrond (Cher), en octobre 2020

N° d'édition : 4360/01 - N° d'impression : 2053644
Dépôt légal : novembre 2020

Imprimé en France